L'Incendie de Rome

Jean-François Nahmias

L'Incendie de Rome

ROMAN

Albin Michel

1

La mort de la vache pleine

Des sept collines de Rome, le Capitole était la plus prestigieuse. Cette citadelle, qui défendait autrefois la ville, la dominait de toute sa hauteur et semblait encore monter la garde, même si le temps des invasions était passé. De plus, c'était le domaine exclusif des dieux, son sol n'abritait que des temples. Les mortels ne faisaient qu'y passer, le temps d'assister à une cérémonie.

Lorsqu'on arrivait à son sommet, après la montée en pente douce qui y conduisait, on débouchait sur une vaste place de cent vingt pas de côté prolongée par le temple de Jupiter Très Bon, Très Grand, le plus important bâtiment religieux de l'Empire romain, le plus richement décoré, au toit d'or surmonté d'un quadrige étincelant. C'était lui qui recevait les hommages des souverains étrangers, c'était vers lui que se rendaient les généraux vainqueurs, lors des triomphes. Son intérieur était divisé en trois parties, séparées par des colonnades. Dans l'espace central, trônait le dieu lui-même. Il était figuré couronné de lauriers, tenant le sceptre surmonté de l'aigle. Lors des cérémonies, comme c'était le cas ce jour-là, il avait les joues fardées de rouge. À sa droite et à sa gauche, se dressaient les statues de Junon et Minerve, sa femme et sa fille.

Il faisait très beau, en ces ides d'avril de la dixième année du règne de Néron[1]. On célébrait, comme chaque année à la même date, les *Fordicidia*, appelés aussi « Mort de la vache pleine », un rite de fécondité lié au printemps. Le peuple, qui avait congé pour ce jour férié, était venu en nombre et la vaste esplanade était noire de monde. L'empereur était également présent, avec toute sa cour, sur une estrade couverte de tentures pourpres dressée à côté du temple.

Lucius Gemellus faisait partie des innombrables assistants à la cérémonie. Ce jeune homme brun, à la peau mate, était remarquable par ses yeux gris très clairs, qui formaient un contraste étonnant avec le reste de sa physionomie. Il avait vingt-six ans, tout comme l'empereur, il possédait même la particularité étonnante d'être né le même jour que lui. Il travaillait, d'ailleurs, dans ses services, même s'il ne l'avait jamais rencontré personnellement. Plus précisément, Lucius était employé par Tigellin, le préfet du prétoire, c'est-à-dire le commandant des troupes stationnées à Rome, mais qui, dans la pratique, occupait les fonctions de Premier ministre. Lucius était une sorte d'agent de ren-

1. Le 15 avril 64.

seignement. Il n'était pas chargé d'espionner des suspects quelconques, mais d'informer son maître sur l'état d'esprit de l'opinion. Pour cela, il se rendait dans les endroits publics et faisait parler les uns et les autres, tâche dont il s'acquittait à merveille, car il attirait spontanément la sympathie.

Lucius Gemellus occupait ce poste par le plus grand des hasards. Il était le fils de modestes marchands d'huile, qui avaient leur échoppe au cœur de Rome, près du Circus Maximus, la grande enceinte réservée aux courses de chars. Il aidait ses parents à leur commerce depuis son plus jeune âge et, tout naturellement, se destinait à devenir marchand d'huile à son tour. Mais un jour, il y avait trois ans de cela, alors que Tigellin était encore un simple particulier et déambulait près du Circus Maximus, Lucius l'avait sauvé d'une attaque de brigands. Tigellin lui en avait été vivement reconnaissant et, peu après, lorsqu'il avait été nommé préfet, avait appelé le jeune homme auprès de lui.

Voilà comment Lucius Gemellus avait quitté l'échoppe paternelle pour une chambre dans un bâtiment attenant au palais impérial, sur la colline du Palatin. Depuis, il vivait au jour le jour, sans savoir combien tout cela allait durer. Si, pour une raison ou pour une autre, il était obligé de quitter ses fonctions, il serait toujours temps pour lui de retourner à la boutique. En attendant, il était ravi de fréquenter, même de loin, ces illustres personnages et il adorait ce travail si vivant, qui lui donnait l'occasion de se mêler en permanence au peuple de Rome.

En ce moment précis, d'ailleurs, il était en service. Il devait, une fois de plus, sonder l'opinion publique et il avait choisi ce grand rassemblement pour le faire. Seulement, la question qu'il allait poser aux uns et aux autres était pour le moins inattendue : les Romains voulaient-ils entendre Néron chanter ? Le chant était, en effet, la passion du successeur et fils adoptif de Claude. Tout le problème, pour lui, venait de ce qu'il n'avait jamais voulu être empereur. Il n'était à ce poste qu'à cause de l'ambition effrénée de sa mère Agrippine, qui n'avait reculé devant aucun crime pour le porter au pouvoir. Une fois arrivée à ses fins, elle avait voulu gouverner à travers lui et, comme il ne s'était pas laissé faire, elle avait comploté pour le renverser. Néron s'était résolu à la faire assassiner. Après la disparition d'Agrippine, il n'avait pas osé se livrer tout de suite à sa passion. Mais, en cette dixième année de son règne, il venait de donner à Naples une série de récitals, qui avaient été, paraît-il, un triomphe. Cela ne suffisait pourtant pas au jeune César. Il rêvait, à présent, de chanter devant les habitants de sa ville, Rome. Seulement, est-ce qu'ils accepteraient cette initiative, si étonnante de la part d'un empereur ?

Tigellin avait voulu le savoir avant que Néron franchisse le pas, car il aurait été dommage qu'il gâche la popularité qui était la sienne. Les premières années de son règne avaient été marquées par une entente parfaite avec ses sujets. La paix régnait, le temple de Janus, dont on ouvrait les portes quand le pays était en guerre, était fermé pour la première fois depuis des décennies, pour ne pas dire des siècles. La prospérité était générale, les richesses affluaient du monde entier en direction de Rome et les fêtes données par l'État n'avaient jamais été aussi fastueuses.

Oui, le peuple aimait Néron ! Depuis qu'il interrogeait les Romains à son sujet, Lucius Gemellus n'avait recueilli que des louanges. On l'admirait tout autant pour sa sage manière de gouverner que pour son physique. Il faut dire qu'il avait fière allure quand on le comparait à son prédécesseur Claude, dont l'ivrognerie et la goinfrerie avaient fait un vieillard précoce. Néron, au contraire, avait quelque chose de sain et de vigoureux, avec sa stature puissante et sa flamboyante chevelure rousse. Bien sûr, il y avait le meurtre de sa mère, mais, après en avoir été un instant choqué, le peuple l'avait absous. En recourant à ce moyen extrême, le jeune empereur n'avait fait que se défendre. Agrippine, on le savait, était capable de tout. Elle l'avait montré par le passé, en particulier quand elle avait assassiné son mari. S'il y avait une criminelle, c'était elle et non son fils !

Grâce à Néron, le peuple s'était réconcilié avec ses empereurs. Il faut dire qu'après le sage gouvernement d'Auguste, ses successeurs s'étaient signalés par leurs excès. Tibère, le libidineux, s'était enfermé à Capri pour se livrer à ses orgies, tout en laissant un affranchi gouverner à sa place. Caligula, le fou, avait commis tellement d'atrocités que le sénat avait décidé de le rayer de la liste des empereurs ; officiellement, il n'avait jamais existé. Et que dire de Claude dont la première épouse, Messaline, avait fait le plus grand cocu du pays et qui ne s'était préoccupé que de son ventre ? Oui, Tigellin avait raison : il aurait été dommage de perdre une telle popularité pour ce qui apparaissait, dans le fond, comme un caprice...

Une rumeur, accompagnée d'une bousculade, parcourut la foule. On se tassait pour faire place à la future victime qui arrivait sur l'esplanade. Celle-ci, une vache au ventre rebondi, était, comme il se doit, d'une couleur blanche immaculée. Son front était orné de bandelettes et ses cornes recouvertes de peinture dorée. Deux serviteurs, qui l'encadraient, tenaient celles-ci par la main. Derrière, allait le sacrificateur, avec sa hache sur l'épaule. Lucius Gemellus se décida à se mettre au travail. Il apostropha son voisin, un gros homme à la forte carrure :

– N'empêche que je lui en veux, moi, à Néron !

L'intéressé le dévisagea avec un regard soupçonneux.

– Et pourquoi, s'il te plaît ?

– Parce qu'il est allé chanter à Naples, pardi ! Un empereur qui chante, cela n'arrive pas tous les jours. Mais ce sont ces bouseux de Napolitains qui en ont profité et, pour nous, les Romains, rien du tout ! Voilà pourquoi, je lui en veux, à Néron.

– Tu as raison. D'autant qu'avec le physique qu'il a, il doit avoir une sacrée voix !

Lucius haussa le ton :

– Eh bien, figure-toi que tout le monde n'est pas de cet avis. Je viens de me disputer avec ma femme à cause de cela. « Un empereur ne chante pas, qu'elle me disait, monter sur scène n'est pas digne d'un César... »

Il ajouta, espérant provoquer des réactions dans la partie féminine de l'assistance :

– Mais c'est bien connu, les femmes, cela ne comprend rien aux belles choses !

Le résultat ne se fit pas attendre. Une Romaine assez distinguée intervint :

– Et toi, qu'est-ce que tu y connais ? Bien sûr que je veux entendre Néron chanter ! Et je ne suis pas la seule...

Du coup, plusieurs autres, hommes et femmes, se manifestèrent à leur tour. Lucius Gemellus n'en était pas surpris. Il avait le don de faire parler les gens ; en sa présence, les langues se déliaient comme par enchantement. En tout cas, la réponse à la question ne faisait pas de doute. C'était une belle unanimité : tout le monde souhaitait entendre Néron chanter et plus que cela, même, l'exigeait !... Ce fut alors que des voix s'élevèrent pour faire taire les uns et les autres : la cérémonie allait commencer.

Effectivement, la vache pleine était arrivée au pied des marches du temple. Le prêtre l'attendait. Il répandit sur sa tête un peu de *mola*, la farine sacrée préparée par les vestales, et l'arrosa de vin. C'était l'immolation, qui précède le sacrifice proprement dit. Le victimaire s'approcha, leva sa hache et la cérémonie se poursuivit selon les rites ancestraux. Il demanda au prêtre :

– Dois-je le faire ?

Ce dernier se voila le visage en relevant un pan de sa toge et répondit :

– Fais-le !

L'homme abattit sa hache avec une sûreté remarquable. L'animal tomba d'une masse et, d'un autre coup tout aussi précis de son arme, il lui ouvrit le ventre de part en part... La cérémonie des *Fordicidia*, assez peu ragoûtante, consistait à sacrifier une vache pleine et à arracher les embryons qu'elle portait ; après quoi, ceux-ci étaient conduits en cortège jusqu'au temple de Vesta où ils étaient brûlés sur le foyer sacré. Tout se poursuivit normalement : le victimaire entreprit de retirer les veaux mort-nés, mais le prêtre fut pris alors d'une série d'éternuements irrépressibles.

Un cri de consternation s'éleva dans la foule. C'était la catastrophe ! Un tel incident signifiait, en effet, que les dieux refusaient le sacrifice. Il fallait tout recommencer, aller chercher une nouvelle vache pleine et enlever le corps de celle-ci. Une pareille tâche exigeait du temps, on devrait patienter encore un long moment, serrés les uns contre les autres.

Tandis qu'autour de lui, chacun pestait contre le prêtre qui n'avait pas été capable de se retenir, Lucius Gemellus était occupé par de tout autres pensées. Il voyait au loin les deux petits veaux couverts de sang qu'on avait arrachés du ventre de leur mère et ce spectacle réveillait en lui le plus terrible souvenir de sa vie...

Il avait fait la connaissance de Marcia au palais. C'était une affranchie de son âge, au service de l'impératrice Poppée, qui, avec de nombreuses suivantes chargées de sa beauté, s'occupait plus particulièrement de la coiffer. Lucius et elle s'étaient plu tout de suite et s'étaient mariés sans attendre. Poppée leur avait fait l'insigne honneur d'être présente à la cérémonie. L'existence s'annonçait de la manière la plus heureuse pour tous les deux, d'autant que Marcia n'avait pas tardé à être enceinte. L'accouchement avait eu lieu au mois d'août précédent. La chaleur était accablante. Lucius attendait dans la pièce voisine. Cela n'avait pas été long : la sage-femme était venue le trouver presque tout de suite. Avant même qu'elle parle, il avait compris. Elle lui avait annoncé que Marcia avait succombé à une violente hémorragie et que l'enfant n'avait pas survécu non plus. Lorsqu'il était entré dans la pièce, il avait été frappé par l'extraordinaire pâleur de la morte. À ses côtés, une petite forme était enveloppée dans un linge. La sage-femme lui avait dit que c'était un garçon. Il n'avait pas voulu voir à quoi il ressemblait...

Lucius Gemellus détourna les yeux de la vision sanglante qui s'offrait à lui un peu plus loin. Ce drame l'avait laissé totalement désemparé. Alors qu'il était jusque-là d'un naturel insouciant, il avait été soudain accablé de questions auxquelles il ne pouvait répondre. Marcia était la douceur et la gaieté mêmes, quelle faute avait-elle commise pour connaître un sort aussi cruel ? Et ce petit être, quel mal avait-il fait pour que les dieux ne lui permettent même pas de voir le jour ? Il était resté seul avec ses interrogations sans réponse. Avec le temps, sa douleur s'était estompée, mais elle revenait avec une terrible intensité aux moments les plus inattendus, comme en cet instant précis. Il savait bien que tout cela ne durerait pas toute la vie. Il était jeune, il fonderait un jour une autre famille. Mais il savait aussi qu'il resterait marqué à jamais par ce drame.

Tandis qu'on emmenait enfin la bête abattue, qu'une vingtaine de soldats avaient hissée avec peine sur un chariot, Lucius Gemellus, pour échapper à ses pensées noires, se mit à détailler l'estrade où avaient pris place les personnalités. Il connaissait tous ces gens, de vue bien sûr, mais aussi de réputation, car, bien que Tigellin ne le lui ait pas demandé, il avait pris soin d'écouter tous les ragots de la cour. Il estimait indispensable de savoir qui étaient les gens qui entouraient l'empereur ou, du moins, quelle réputation ils avaient.

Poppée était la seule, à part Tigellin, avec qui il avait eu l'occasion de s'entretenir. Outre qu'elle était présente à son mariage, elle avait tenu, après la mort de Marcia, à lui dire quelques mots de sympathie, qui l'avaient beaucoup touché. Par la suite, il lui était arrivé de la croiser, mais elle ne lui avait plus adressé la parole. La familiarité impériale avait ses limites. Poppée était d'un genre de beauté peu commune pour une Romaine. Elle était plate comme un garçon et blonde comme les blés, avec une chevelure extraordinaire sur laquelle Marcia s'extasiait souvent : lumineuse, ondoyante, qui l'entourait comme un halo. Son teint était tout aussi remarquable : d'une blancheur extraordinaire. Pour l'entretenir, elle se baignait chaque jour dans le lait de cinq cents ânesses. Les bêtes occupaient tout un bâtiment, dans les jardins du palais. Pourtant, malgré sa beauté, le peuple n'aimait pas Poppée. Lucius avait enquêté sur elle à la demande de Tigellin et, à son grand regret, il n'avait recueilli que des critiques. En fait, les Romains se méfiaient d'elle parce qu'elle avait six ans de plus que l'empereur. Ils craignaient qu'étant plus âgée, elle ait un trop grand ascendant sur lui, ce qui, pourtant, n'était pas le cas.

Un peu en retrait par rapport à elle, se tenait Tigellin. Dès leur première rencontre mouvementée, Lucius avait éprouvé de la sympathie pour lui et leurs relations depuis n'avaient fait que le renforcer dans ce sentiment. Cet ancien marin au physique massif et énergique avait pris sur ses épaules la charge du pouvoir dont Néron ne voulait pas. En peu de temps, il était ainsi devenu tout-puissant. Il aurait pu en profiter pour se comporter en despote, mais il restait simple et ouvert. Il se voulait seulement un serviteur de l'État.

Lucius n'avait, certes, pas la même estime pour Sénèque, dont il apercevait la frêle silhouette, à côté de celle, imposante, de Néron. C'était sur lui que couraient le plus d'anecdotes déplaisantes à la cour et ces rumeurs n'étaient sans doute pas sans fondement. Il avait été le précepteur de l'empereur et il était toujours son conseiller, même si Néron n'en faisait qu'à sa tête. Il se voulait la conscience de la cour, voire de son temps, et adoptait en public un ton sentencieux, parfois insupportable. Un drôle de personnage, ce Sénèque ! Il se disait stoïcien et il était l'auteur de doctes ouvrages, mais sa vie n'était guère en rapport avec sa philosophie. Il prêchait le mépris des richesses, ce qui ne l'avait pas empêché d'accumuler une fortune depuis qu'il côtoyait le pouvoir ; il condamnait l'esclavage, mais il faisait travailler des milliers d'esclaves dans ses propriétés d'Italie et ses exploitations agricoles d'Égypte. À tout prendre, même s'il ne les aimait guère, Lucius préférait l'attitude des libertins groupés autour du poète Pétrone, surnommé par l'empereur « l'arbitre des élégances ». Eux, ils étaient à la cour pour se donner du bon temps et ils n'avaient pas l'hypocrisie de le cacher...

La nouvelle vache arriva enfin, saluée par les acclamations du public, qui ne tarda pas à faire silence pour que le sacrifice puisse avoir lieu. On entendait çà et là des encouragements à mi-voix à l'adresse du prêtre, l'incitant à se retenir. Mais tout se passa bien de ce côté-là. Après le dialogue rituel, le sacrificateur de nouveau leva sa hache et abattit l'animal d'un seul coup. Puis il brandit son arme pour lui ouvrir le ventre et à ce moment-là survint une seconde catastrophe. Quelque part sur l'esplanade, retentit un aboiement. Les nombreux soldats qui avaient été chargés d'éloigner les chiens du voisinage avaient mal fait leur travail car, tout comme l'éternuement, l'aboiement était un signe de refus des dieux. Il fallait à nouveau tout recommencer, aller chercher une troisième vache pleine !

Cette fois, c'en fut trop pour l'empereur et la cour. Néron quitta sa place, suivi des autres occupants de la tribune. Peu après, leurs nombreux chars d'apparat se mirent en marche, provoquant une bousculade au cours de laquelle plusieurs personnes manquèrent de périr étouffées. Mais c'en était trop aussi pour le public, qui était au comble de l'exaspération et éclatait en cris furieux. Qu'un incident de ce genre annule une cérémonie, c'était déjà arrivé, mais deux fois de suite, cela faisait des années qu'on n'avait pas vu cela !...

D'où partit la rumeur ? Personne ne le sut, mais bientôt une certitude s'imposa parmi l'assistance : les dieux étaient en colère à cause de l'arrivée des nouvelles religions. En effet, des cultes venus d'Orient ne cessaient de se développer à Rome et cela dans toutes les classes de la société, le peuple comme les privilégiés, y compris la cour. Bientôt, leurs noms furent vociférés par la foule :

– À mort Isis ! À mort Cybèle ! À mort Mithra !

Il y avait quelque illogisme à souhaiter la mort de dieux, qui étaient par définition immortels ou, si on n'y croyait pas, inexistants, mais le peuple n'en avait cure et s'excitait de plus en plus. Si la plupart tentaient de quitter les lieux, une minorité s'était dirigée vers l'estrade abandonnée et avait entrepris de la démolir pour passer sa colère.

Lucius Gemellus n'avait aucune envie de participer à ces débordements, mais il avait été pris dans le mouvement de foule et n'arrivait pas à se dégager. Ballotté entre les uns et les autres, il essayait de se sortir de cette situation, lorsqu'il entendit plusieurs personnes crier autour de lui :

– À mort Christos !

S'il connaissait, comme tout le monde, les cultes d'Isis, de Cybèle et de Mithra, il n'avait jamais entendu parler de celui de Christos. Sa curiosité naturelle l'emporta sur son désir de se mettre à l'abri. Il questionna l'un de ceux qui venaient de s'exprimer :

– Qui est Christos ?

– Le dieu des chrétiens.

– Je n'en ai jamais vu.

– Bien sûr, ils se réunissent en secret.

– Ils sont dangereux ?

– Ce sont les pires. Ils font des sacrifices humains et ils mangent leurs victimes...

Lucius Gemellus aurait bien aimé en apprendre davantage, mais les soldats chargèrent à ce moment-là. Il évita de justesse un coup donné avec le plat de l'épée et s'enfuit aussi vite qu'il le put. Il prit la direction du Palatin et de la résidence impériale. Il avait des choses importantes à apprendre à Tigellin : non seulement la réponse à la question concernant Néron, mais aussi l'existence de ces chrétiens. Car la présence à Rome d'un groupe suspecté d'activités aussi graves ne pouvait laisser le préfet de prétoire indifférent.

2

Dans l'intimité impériale

Lucius Gemellus ne tarda pas à arriver sur le Palatin, la colline la plus résidentielle de la ville, celle qui abritait les plus riches demeures, dont le palais impérial. Celui-ci, s'il ne se distinguait pas par un aspect extérieur imposant, disposait du luxe le plus rare à Rome : l'espace. Il était composé de plusieurs bâtiments dispersés dans un vaste jardin. Une fois qu'on en avait franchi l'enceinte, on se trouvait dans un autre monde fait de paix et de tranquillité, au milieu de l'agitation environnante. Et encore, on disait que Néron aurait voulu plus grand, installer au cœur de la ville une véritable campagne, avec des champs, des bois, des lacs.

Avant d'entrer, Lucius jeta un regard en direction du Capitole : sa silhouette élancée était surmontée d'une colonne de fumée. Là-bas, les choses avaient plus mal tourné qu'il ne l'imaginait ; les informations qu'il rapportait sur les causes de l'émeute n'en prenaient que plus d'importance. Il arriva devant la garde et s'apprêtait à passer sans s'arrêter. Étant au service de Tigellin, il était connu de tous les officiers impériaux et il n'avait jamais eu le moindre problème pour entrer. Mais, cette fois, le commandant de la garnison vint vers lui.

– Veux-tu me suivre, Gemellus ?

– Que se passe-t-il ?

Lucius ne reçut pas de réponse et lui emboîta le pas, très intrigué et même un peu inquiet. L'homme ne se dirigea pas vers le grand bâtiment qui réunissait les divers services de l'Administration où devait se trouver Tigellin, mais vers un autre, tout aussi imposant, qui abritait les pièces de réception et les appartements impériaux. Comme Lucius en demandait la raison, l'officier lui répondit laconiquement :

– Néron t'attend.

Lucius en resta bouche bée. Pour quelle raison l'empereur pouvait-il l'attendre, lui ? Comment même connaissait-il son existence ?... Il pénétra dans l'immense salle d'apparat où étaient reçus les personnages de marque et qui servait également de salle à manger pour les grands festins. Elle était décorée de deux immenses fresques représentant l'une et l'autre Apollon. Sur la première, le dieu jouait de la lyre, entouré des muses ; sur la seconde, il conduisait le char du soleil, survolant la terre où les mortels s'affairaient à leurs travaux. La pièce faisait aussi antichambre. Elle était remplie de gens, parmi lesquels de nombreux sénateurs, reconnaissables à leur toge ornée d'une large bande pourpre et à leurs sandales rouges. Tous attendaient visiblement de voir l'empereur, certains sans doute depuis un long moment. Lucius Gemellus remarqua leur air de surprise et de dépit, lorsqu'il passa devant eux à la suite de l'officier et disparut en direction des appartements impériaux.

Lucius traversa ainsi plusieurs salles, toutes plus richement décorées les unes que les autres, notamment une bibliothèque où s'entassaient des dizaines de milliers de rouleaux. Il y avait tant d'œuvres d'art, des statues notamment, que, par moments, il fallait se faufiler entre elles pour passer. Enfin, le militaire arriva devant une porte gardée par deux factionnaires. Elle était d'une richesse éblouissante, en marqueterie d'or, d'ivoire, d'ébène et d'autres matériaux précieux. Sur un signe de son accompagnateur, les gardes lui donnèrent l'entrée. L'homme lui adressa un bref salut.

– L'empereur ne va pas tarder. Attends-le ici.

Après quoi, il disparut. Lucius jeta un regard circulaire au décor qui l'entourait. Sur une immense table de marbre vert, des feuillets traînaient par piles ou en rouleaux. Il était de toute évidence dans le bureau de Néron. S'y trouver seul de la sorte était terriblement intimidant. Comme dans les autres pièces, les statues encombraient une bonne partie de l'espace disponible. Mais il remarqua que figuraient, à côté des chefs-d'œuvre de l'art grec, des pièces beaucoup plus malhabiles, tant en marbre qu'en bronze. Il comprit que Néron n'avait pas que le chant pour passion ; il s'essayait aussi à la sculpture, mais, conscient de leur imperfection, il n'osait pas montrer ses œuvres à tout le monde... Une voix lui parvint en provenance d'un lieu attenant :

– Je suis ici, Gemellus.

Lucius se rendit dans cette direction. Il souleva une tenture et se retrouva dans une petite pièce ronde entièrement recouverte d'une fresque représentant des oiseaux dans les arbres et éclairée par plusieurs candélabres. Néron était là, assis juste devant lui. Il fit un geste de la main.

– Prends place !

La surprise de Lucius Gemellus se transforma en stupeur : il s'agissait des toilettes impériales ! Celles-ci étaient collectives, comme toutes les autres, avec le luxe en plus. Un banc de porphyre rouge, dans lequel étaient percés quatre trous, en faisait le tour. Pour éviter un contact trop froid, des coussins, percés également, y avait été disposés. À côté de chacun d'eux, était placée une corbeille d'or remplie de plumes d'oiseau multicolores destinées à s'essuyer. En dessous, un filet d'eau coulait avec un bruit harmonieux... Lucius ne revenait pas de l'honneur qui lui était fait. On ne partageait ses cabinets qu'avec sa famille et ses amis les plus intimes. C'était une marque d'estime bien plus grande qu'une invitation à dîner.

Très intimidé, il releva le bas de sa tunique et s'assit à l'emplacement que lui montrait l'empereur. Il n'avait jamais vu celui-ci d'aussi près. S'il n'était pas à proprement parler bel homme, il ne manquait pas d'allure : un corps massif, un cou de taureau, des cheveux d'un roux très clair encadrant un visage semé de taches de rousseur. Il dégageait une impression de puissance peu commune, même si, pour l'instant, il n'avait pas l'air assuré du tout. Bien au contraire, il était couvert de sueur et tremblait légèrement. Il déglutit, puis demanda d'une voix hésitante :

– Tu t'es acquitté de ta mission ?

Lucius Gemellus ne savait pas que Tigellin avait parlé de son enquête à l'empereur. Il lui avait dit, au contraire, que c'était une initiative qu'il avait prise à son insu. Sans doute avait-il changé d'avis depuis.

– Oui, César.

– Alors, que pense le peuple ? Est-ce qu'il accepte de m'entendre chanter ?

– Non seulement il accepte, mais il est furieux que tu ne l'aies pas encore fait.

– Tu es sûr de ce que tu dis ?

– Certain. J'ai écouté tout le monde autour de moi. J'ai rarement obtenu une réponse plus nette à une question.

– C'est merveilleux ! C'est merveilleux !

Pendant quelques instants, l'empereur laissa bruyamment éclater sa joie et pas seulement par le haut de sa personne, puis il se mit à parler avec précipitation :

– Tu sais ce que je vais faire, Gemellus ?

– Tu vas donner un récital pour le plus grand bonheur de tes sujets.

– Non, pas un récital. Je vais participer au concours de chant annuel, fin juin. Il reste deux mois et demi. Peut-être qu'en m'entraînant tous les jours, ce sera suffisant. Qu'est-ce que tu en penses ?

Néron était dans un état d'émotion indescriptible, partagé entre l'exaltation et l'inquiétude. Sans attendre la réponse à sa question, il reprit :

– Je vais rouvrir le théâtre de ma propriété du Vatican. J'y ai déjà chanté, mais devant des amis, en privé, ce n'était pas pareil… Évidemment, il faudra l'agrandir, ajouter des gradins. Tigellin se chargera de cela. Il s'en sortira très bien. Il se sort très bien de tout ce que je lui demande… Oui, mais est-ce raisonnable ? Je ne peux pas concourir contre des professionnels. Je n'y arriverai jamais.

– Je suis sûr que ta voix est divine.

– C'est aussi ce que pense le peuple ?

– Je l'ai entendu dire par tout le monde…

De nouveau, Néron s'exclama : « C'est merveilleux ! », puis il ajouta avec un large sourire :

– Parle-moi de toi, Gemellus. Tigellin m'a dit qu'il t'appelait « mes oreilles » et que tu étais son meilleur agent. Grâce à toi, paraît-il, Rome n'a plus de secrets pour lui…

– Que veux-tu que je te dise, César ?

– Ton âge, d'abord.

Lucius ne savait pas s'il pouvait faire cette confidence, mais il osa quand même :

– Le tien, exactement. Je suis né la même année, aux ides de décembre [1].

Néron poussa une exclamation qui résonna dans le lieu exigu où ils se trouvaient :

---

1. Le 15 décembre 37.

– C'est un signe des dieux ! Sais-tu à quelle heure ?

– Le matin, je crois.

– Comme moi ! Où cela s'est-il passé ?

– Dans la boutique de mes parents. Ils vendent de l'huile près du Circus Maximus. Ma mère travaillait ce jour-là et je suis sorti si brutalement que je suis tombé dans une jarre d'huile. Il paraît qu'elle a eu toutes les peines du monde à m'en retirer, parce qu'elle n'arrivait pas à me saisir, tellement j'étais glissant !

L'empereur partit d'un grand rire, puis se tut. Il y eut un instant de silence, pendant lequel on n'entendit plus que le bruit harmonieux du filet d'eau qui coulait. Il se tourna vers Gemellus et le considéra attentivement. Il ne riait plus, il avait l'air, au contraire, vivement ému.

– Ce sont les dieux qui t'envoient ! Ils ont voulu nous réunir pour que nous vivions ensemble cette glorieuse aventure, toi le fils du peuple et moi l'empereur. Je veux que tu restes avec moi jusqu'au concours.

– Ce sera un grand honneur. Qu'attends-tu de moi ?

– Que tu m'écoutes. Jusqu'ici, tu étais les oreilles de Tigellin, maintenant tu vas devenir les miennes. Tu représenteras le public romain et tu me diras ce que tu penses, tu le diras avec une totale sincérité. Je l'exige ! Tu as compris ?

Trop impressionné pour répondre, Lucius Gemellus se contenta d'acquiescer de la tête. L'empereur se leva alors et s'empara d'une poignée de plumes d'oiseau, avec lesquelles il s'essuya méthodiquement. Lucius Gemellus, bien que n'ayant rien fait, jugea qu'il était convenable de l'imiter. Tandis qu'ils se livraient tous deux à cette activité, Néron reprit la parole :

– Et ma naissance à moi, tu sais comment elle s'est passée ?

– Tout Rome le sait. Au moment où tu as vu le jour, tu as été touché par un rayon de soleil, ce qui t'a consacré dès le début à Apollon et aux muses.

– C'est vrai. Mais Apollon n'est pas seulement le patron des chanteurs, c'est aussi celui des conducteurs de chars.

– Tu sais conduire les chars ?

– Je m'entraîne en secret. Bientôt, tu me verras dans un cirque, avec un attelage. Car tu viendras me voir, n'est-ce pas ?

– Avec joie ! Quand cela ?

– Dans pas si longtemps. Mais d'abord, le chant...

L'empereur jeta ses plumes, qui retombèrent dans un tourbillon de toutes les couleurs. Lucius l'imita et quitta à sa suite les toilettes impériales. Ils se retrouvèrent dans le bureau. Néron frappa dans ses mains. Instantanément, la porte s'ouvrit. Un officier parut.

– Envoie chercher Sénèque. Je veux le voir tout de suite.

L'homme s'inclina.

– Certainement, César. Mais je te rappelle qu'il y a une délégation de sénateurs, conduite par Caius Pison, qui attend de te voir depuis ce matin.

– Tu as raison. Au passage, dis-leur de venir. Je vais les recevoir avant.

Le militaire salua et se retira. L'empereur se mit à déambuler entre les statues qui encombraient la pièce, les chefs-d'œuvre des maîtres grecs et les ébauches dont il était l'auteur.

– Je vais apprendre la grande nouvelle à Sénèque ! Après, j'irai l'annoncer à Poppée.

Il arriva devant son bureau et s'empara de plusieurs des documents qui traînaient sur le marbre. Il les parcourut des yeux.

– Ce sont des poèmes que j'ai écrits. J'ai envie d'en mettre certains en musique et de les chanter au concours… Tiens, celui-ci est sur la chute de Troie. Qu'est-ce que tu en penses ?

L'empereur se mit à déclamer. Le poème décrivait les Grecs sortant de leur cheval et incendiant la ville. Le vieux roi Priam découvrait le désastre à la terrasse de son palais et versait des larmes devant ce spectacle. Lucius Gemellus était loin d'être un spécialiste en poésie, mais il trouvait que tout cela ne manquait pas d'allure. De plus, on y sentait une réelle émotion. Néron était incontestablement fait pour une carrière artistique. C'était d'ailleurs là tout son problème… Lucius s'apprêtait à lui faire des compliments qui n'étaient pas feints, lorsque la porte s'ouvrit, pour laisser le passage à l'imposante délégation du Sénat conduite par Caius Calpurnius Pison. L'homme, que Lucius avait déjà aperçu à plusieurs reprises, était un familier de l'empereur. Il portait la cinquantaine avec beaucoup d'aisance. Il avait les cheveux grisonnants coupés court, les yeux gris également, le front large, un air de grande intelligence. Il possédait une magnifique propriété près de Rome, dans laquelle il avait fait construire un théâtre privé et il y avait donné plusieurs représentations pour l'empereur. Ce dernier les avait beaucoup appréciées et il lui arrivait de lui rendre visite, seul, sans gardes, ce qui n'était pas courant. Pison s'inclina profondément, imité par tous ses collègues.

– Nous te saluons, César. Nous sommes ravis de te voir aussi rayonnant de santé. Nous sommes venus t'assurer de tout notre amour.

Néron répondit joyeusement à leur salut :

– Et moi, j'ai une grande nouvelle à vous apprendre : je vais chanter à Rome !

Des cris d'allégresse éclatèrent dans le groupe d'hommes en toge blanche à bande pourpre. Tous vinrent le congratuler avec effusion. L'empereur les laissa faire quelque temps, visiblement ravi. Lucius put voir distinctement qu'il rougissait du menton jusqu'à la racine des cheveux. Il finit par leur demander le silence et s'adressa à Pison :

– Toi, Caius Calpurnius, l'amateur de théâtre, qu'est-ce que tu en penses ?

– J'en pense que c'est la chose la plus merveilleuse que j'aie entendue depuis que je suis né. Quand donneras-tu ton récital ?

– Ce ne sera pas un récital. Je vais participer au concours annuel, fin juin. J'ai hésité. Crois-tu que j'aie bien fait ?

– Comment as-tu pu hésiter ? Tu seras vainqueur. Ta voix est divine.

Les autres sénateurs firent écho, dans un concert d'éloges dithyrambiques. Néron s'en délecta quelque temps, puis, s'avisant de la présence de Lucius, se mit en devoir de le leur présenter :

– Voici Lucius Gemellus, que les dieux viennent de m'envoyer. C'est mon jumeau par les astres. Nous sommes nés dans la même matinée, peut-être au même instant. Je le veux avec moi jusqu'au concours.

Les sénateurs se pressèrent autour de Lucius et, alors qu'ils n'en pensaient sans doute pas un traître mot, se mirent à l'abreuver de flatteries.

– Quelle chance pour toi d'avoir une naissance aussi glorieuse !

– Es-tu un grand artiste, toi aussi ?

L'empereur intervint :

– Lucius Gemellus était jusqu'à présent les oreilles de Tigellin. C'était son meilleur agent de renseignement. Rien de ce qui se passait à Rome ne lui échappait. Maintenant, il est à mon service personnel. Il ne quittera plus le palais. Il sera mes oreilles, non plus pour déjouer les complots, mais pour entendre ma musique.

Lucius, toujours entouré par ces importants personnages, se composait une physionomie, répondant de son mieux aux uns et aux autres. Certains n'hésitaient pas à l'inviter chez eux, ajoutant qu'il leur ferait un grand honneur s'il acceptait. Enfin, ils finirent par se retirer et il se retrouva de nouveau seul avec l'empereur. Il en profita pour l'informer de ce qu'il avait découvert en accomplissant sa mission :

– Il y a eu une émeute sur le Capitole, juste après ton départ. Une partie de la foule a démoli la tribune et y a mis le feu.

Néron s'était de nouveau emparé des feuillets recouverts de ses vers et les parcourait du regard sans répondre. Lucius insista :

– Le peuple rend responsables de l'échec du sacrifice les nouvelles religions et spécialement l'une d'entre elles, les chrétiens...

Cette fois, Néron réagit :

– Tout cela ne m'intéresse pas. Ce sont les affaires de Tigellin. Tu lui en parleras quand tu le verras... Maintenant, écoute ce poème. Est-ce que tu penses qu'il ne serait pas plus approprié pour le concours que « La chute de Troie » ?

Néron se mit de nouveau à déclamer. Mais il n'alla pas très loin dans sa lecture. La porte s'ouvrit. C'était Sénèque.

– Tu as une grande nouvelle à m'annoncer, à ce qu'il paraît ?

Lucius Annaeus Sénèque formait un contraste complet avec Néron. Par son âge, d'abord : il avait dépassé les soixante-cinq ans et il les faisait bien ; il avait l'air d'être son grand-père. Par son physique ensuite : c'était un petit homme d'aspect chétif, dont la peau très mate trahissait les origines espagnoles ; on ne pouvait être plus différent du rouquin massif qu'était l'empereur. Sénèque portait, en outre, la moustache et une barbiche en pointe, blanches toutes les deux. Ce dernier détail n'était pas indifférent. À Rome, tout le monde était glabre, même les plus pauvres, même les mendiants, lorsqu'ils le pouvaient. Seuls les philosophes ne se rasaient pas, affichant ainsi leur condition aux yeux de tous. Néron alla lui prendre les mains avec chaleur.

– La plus grande des nouvelles : je vais chanter à Rome !

Sénèque se dégagea brusquement, comme s'il venait d'être piqué par un insecte.

– Qu'est-ce que tu dis ?

– La vérité. Et ce ne sera pas une simple représentation : je vais participer au concours annuel.

Le philosophe était tellement saisi d'indignation que l'air lui manquait. Il porta la main à sa gorge et finit par dire d'une voix étouffée :

– Chanter à Naples ne t'a pas suffi ?

– Évidemment, non. Naples ne compte pas, il n'y a que Rome qui soit importante. Et Lucius Gemellus, que tu vois ici, vient de me dire que non seulement les Romains ne voyaient pas d'objection à ce que je chante, mais qu'ils l'exigeaient.

Ignorant Lucius, Sénèque se planta devant l'empereur. Il était le seul qui osait lui tenir tête. Le fait d'avoir été son précepteur lui conférait un reste d'autorité sur lui.

– Tu ne feras pas une chose pareille !

– Et pourquoi, s'il te plaît ? Tu n'aimes pas le chant ?

– J'aime le chant, mais pas la folie. Tu ne vas pas

déshonorer ainsi la fonction impériale, te rendre ridicule à jamais ?

– Je n'ai pas demandé à être empereur.

– Mais tu l'es et tu dois te comporter comme tel.

– Justement, je suis le maître du monde et je fais ce qui me plaît !

Néron était tout rouge et Sénèque était blême. Tous deux avaient oublié Lucius, qui n'en menait pas large. Assister ainsi à une colère impériale était loin d'être agréable. Il remarqua toutefois que Néron était plus rageur que violent. Il avait plutôt des allures de gamin têtu que de tyran. Sénèque eut un geste de dépit.

– Depuis que tu es enfant, tu n'as suivi aucun de mes conseils. Tu n'as rien retenu de mon enseignement, rien !

– Justement, si. Combien de fois m'as-tu dit qu'Apollon devait être mon modèle ? Eh bien, tu vois, je t'obéis.

– Tu te moques de moi ! Je te parlais d'Apollon comme dieu de la raison. Cela voulait dire dominer tes passions, avoir en toutes choses un jugement clair et juste, pas te donner en spectacle devant la populace !

Néron eut un petit rire.

– Tu oublies les chars, Sénèque. Apollon est aussi le patron des conducteurs de chars.

– Tu ne veux pas dire que tu veux aussi t'exhiber dans le cirque ?

– Si. Et cela fait un moment que je m'entraîne, sans te le dire, à conduire les attelages...

De nouveau, le philosophe porta les mains à sa gorge. Il tentait en vain de reprendre son souffle et haletait.

Lucius Gemellus se demandait s'il n'allait pas mourir sous ses yeux, mais Néron n'avait pas l'air inquiet. Il attendit un petit moment et reprit d'une voix plus douce :

– Ne te mets pas dans cet état ! Je viens de recevoir les sénateurs. Ils sont ravis de m'entendre chanter. Ils sont même enthousiastes.

– Ils t'ont dit cela, mais ils n'en pensent pas un mot. Ils ont exactement la même opinion que moi. Ne les heurte pas.

– S'ils sont aussi serviles et rampants que tu le prétends, je ne vois pas pourquoi je me soucierais d'eux. Mon plus grand plaisir dans l'existence est de chanter et je chanterai !

Le vieil homme s'approcha de l'empereur. Il s'exprima d'un ton grave et même solennel :

– Prends garde, Néron ! Le sénat est lâche, intéressé, courtisan, il est tout ce que tu voudras, mais il constitue l'élite intellectuelle du pays. Il peut faire ou défaire une réputation. Prends garde au jugement de la postérité car, si c'est toi qui fais l'histoire, ce sont les sénateurs qui l'écrivent !

L'émotion qu'éprouvait Sénèque était trop forte pour lui. Il fut pris d'une toux saccadée, qui le plia en deux. Néron fit signe à Gemellus de le suivre.

– Viens, nous allons voir Poppée.

– Mais tu ne penses pas que Sénèque... ?

– Laissons-le. Il a des crises comme cela depuis toujours.

– À son âge, cela peut être grave...

– Eh bien, si c'est le cas, il saura faire face. C'est ce que dit sa philosophie, non ? Il me l'a assez souvent répété : il faut être prêt, se soumettre au destin, etc.

Lucius quitta donc la pièce, emboîtant le pas à Néron. Celui-ci congédia d'un geste les gardes qui voulaient l'accompagner et, ensemble, ils traversèrent les pièces encombrées d'œuvres d'art. Néron partit soudain d'un petit rire et prit une voix haut perchée, imitant celle de son ancien précepteur :

– « Prends garde, Néron, si toi, tu fais l'histoire, ce sont les sénateurs qui l'écrivent »... Le vieux radoteur a toujours eu la manie des formules. Je parie qu'il avait préparé celle-là depuis longtemps.

Ils repassèrent dans la grande pièce servant d'antichambre. Ses occupants se précipitèrent vers l'empereur, mais il les repoussa sans ménagements et poursuivit son chemin. Tous les regards se portèrent alors sur Lucius Gemellus, qui le suivait comme son ombre. Ce dernier y lut de la surprise, mais aussi de la jalousie. Il se dit que cette subite faveur allait changer beaucoup de choses dans son existence...

Les appartements personnels de Poppée se trouvaient dans un bâtiment un peu plus loin au sein du vaste parc. Néron lança à Lucius, tandis qu'ils se dirigeaient dans cette direction :

– Tu vas faire la connaissance de l'impératrice. C'est un honneur que peu ont eu.

– Je la connais déjà, César.

– Quand l'as-tu rencontrée ?

– À mon mariage et à l'enterrement de ma femme.

– Qui était ta femme ?

– Marcia. C'était elle qui la coiffait.

– Elle m'a parlé d'elle. Elle n'a jamais retrouvé depuis quelqu'un qui s'occupe aussi bien de sa chevelure... De quoi est-elle morte ?

– En accouchant.

– Et ton enfant a survécu ?

– Non. Il est mort aussi.

Néron s'arrêta et considéra Lucius.

– C'est encore quelque chose qui nous lie. Tu sais que j'ai perdu ma fille au printemps ?

– Je l'ai su comme tout Rome, César.

– C'était un ange. Je l'ai fait diviniser, mais qu'est-ce que cela change ? Mortelle ou immortelle, elle est toujours aussi loin de moi. Et toi, tu te consoles ?

– Non. Personne ne peut m'aider, ni les dieux ni les hommes...

En cette belle fin de matinée d'avril, Poppée Augusta, impératrice des Romains, se promenait seule dans les jardins du palais. Elle s'était arrêtée devant une pièce d'eau où évoluaient des cygnes blancs et noirs. Elle était vêtue d'une tunique en soie jaune safran, de la couleur exacte de sa vaporeuse chevelure, raffinement qui était bien dans sa manière. En l'apercevant, Néron courut à sa rencontre, la prit dans ses bras, la couvrit de baisers et lui annonça la grande nouvelle avec toutes sortes de démonstrations d'enthousiasme. Débordée par ce véritable ouragan, Poppée eut du mal à se faire entendre. Elle finit par lui déclarer qu'elle était ravie de sa décision, avec toutefois beaucoup plus de retenue que lui. Néron lui désigna alors celui qui l'accompagnait.

– Tu connais Lucius, à ce qu'il m'a dit ?

L'impératrice adressa un sourire aimable en direction de ce dernier.

– Je ne t'ai pas oublié, Gemellus. Tu sais que je n'ai pas réussi à remplacer Marcia ? Elle me manque. Moins qu'à toi, bien sûr.

Lucius s'apprêtait à lui répondre, mais des cris poussés un peu plus loin l'en empêchèrent. Le poète Pétrone, qui se promenait également dans le parc avec un groupe d'amis, venait d'apercevoir le couple impérial. Tous coururent vers eux en faisant de grands gestes.

– Néron, Néron ! Nous avons appris la grande nouvelle !

– Chanter à Rome, c'est divin ! Il n'y a pas d'autre mot, divin !

– La victoire que tu remporteras au concours sera la plus belle qu'ait gagnée un empereur !

– Ta gloire dépassera celle d'Auguste et de César !...

Ils l'entouraient en poussant des cris excités. Si les sénateurs avaient exprimé des sentiments qu'ils ne ressentaient pas, eux étaient tout à fait sincères. Pétrone et les siens s'employaient à encourager les goûts artistiques de l'empereur, contrairement à Sénèque ; contrairement aussi à Tigellin, qui aurait voulu le voir s'intéresser un peu plus à la politique. Le préfet du prétoire et eux se détestaient d'ailleurs cordialement.

Pétrone, « l'arbitre des élégances », responsable sans en avoir formellement le titre des plaisirs de la cour, tranchait sur ses compagnons. Âgé d'un peu plus d'une trentaine d'années, il était grand et élancé, avec quelque chose d'un peu nonchalant dans son physique, mais il ne se signalait par aucune extravagance. Ceux qui l'entouraient, au contraire, rivalisaient d'excentricité. Gros et même adipeux pour certains, ils étaient tous parés de bijoux et fardés ; quelques-uns avaient les cheveux teints.

Lucius se vit sans plaisir entouré de leur cohorte. C'était la première fois qu'il se mêlait à eux. Il ne les aimait pas, se méfiait d'eux et les évitait instinctivement. Mais l'empereur se mit à leur parler de lui. De nouveau, il fit l'éloge de son jumeau par les astres, le meilleur agent de renseignement de la cour, les oreilles de Tigellin, qui allaient devenir les siennes jusqu'au concours... Pétrone lui-même ne sembla pas éprouver autre chose que de l'indifférence, mais Lucius put voir les autres le fixer de manière de plus en plus hostile. S'ils lui souriaient, leurs véritables sentiments ne faisaient aucun doute. L'un d'eux en particulier, qui avait une bague à chaque doigt et une boucle énorme à une seule oreille, lui lança un regard chargé de haine. Il se détourna de lui et s'adressa à Néron :

– Avec ta permission, César, j'aimerais me retirer. C'est l'heure où je dois me coucher, tu le sais bien.

Les noceurs qui accompagnaient Pétrone avaient, en

effet, des horaires particuliers. Banquetant jusqu'à une heure avancée de l'aube, ils dormaient très tard dans la matinée. Les jours fériés, comme les *Fordicidia*, ils étaient obligés d'assister aux cérémonies, mais ils se rattrapaient l'après-midi... Néron eut un sourire.

– Mais oui, Trimalcion, tu as mon autorisation. Mais attention, ce soir, il s'agira de briller. Je donne une grande fête pour célébrer l'événement.

– Et tu chanteras, bien sûr ?

Néron rougit.

– Si vous y tenez, je chanterai.

Les autres emboîtèrent le pas à Trimalcion, après avoir salué le couple impérial, mais Néron retint Pétrone.

– Reste avec moi, j'ai envie de t'entendre.

– À quel sujet, César ?

– Je ne sais pas. C'est un grand jour. Qu'est-ce qu'il t'inspire ?

Le poète réfléchit un instant et finit par déclarer :

– Les dieux n'aiment pas les vaches !

– Comment cela ?

– Tu ne te souviens pas ? Ils en ont envoyé trois au sacrifice, sans compter leur progéniture, et peut-être quatre, s'il s'est passé quelque chose d'autre après que nous sommes partis. Tout cela parce qu'ils ne supportent pas les éternuements et les aboiements.

– Et qu'est-ce que tu en conclus ?

– Que les dieux n'existent pas. Pas ceux-là, en tout cas !

L'empereur partit d'un grand éclat de rire.

– Pétrone, tu n'es qu'un impie !

– Tu l'as toujours su...

– Et qu'est-ce que tu fais du culte de l'empereur ?

– Tais-toi, sinon je vais me mettre à rire plus fort que toi !

Néron eut un sursaut, mais il s'esclaffa de plus belle et donna une grande claque dans le dos à l'arbitre des élégances.

Ayant enfin obtenu de prendre congé de Néron, Lucius Gemellus se rendit dans le bâtiment qui abritait l'Administration. Ce fut avec un certain soulagement qu'il retrouva ce cadre et ces gens qui formaient son environnement quotidien. Ici, pas d'œuvres d'art encombrant le chemin, pas de portes en or et autres matériaux précieux, les lieux étaient sobres et fonctionnels ; ici, pas non plus de courtisans ni d'oisifs, mais une nuée de fonctionnaires qui s'occupait des affaires du pays dans une activité de ruche. Un esclave vint vers lui dès qu'il eut franchi le seuil.

– Tigellin t'attend dans son bureau.

Lucius s'y rendit aussitôt. La haute et large silhouette de l'ancien marin, qui avait à présent en main le navire de l'État, fut également pour lui une vision réconfortante. Tigellin l'accueillit de sa voix bien timbrée :

– Entre, Gemellus. Ne me dis pas le résultat de ta mission, la rumeur t'a précédé. Tout le monde ne parle que de la décision de l'empereur et de ta faveur auprès de lui.

– Je n'en reviens pas moi-même !

– Je n'aime pas trop cela. Je préférais que tu restes dans l'ombre. Maintenant, te voilà exposé aux regards de toute la cour.

– Je n'ai rien fait pour cela, je te le jure !

– Je te crois volontiers. Ce genre d'engouement soudain est tout à fait dans le genre de Néron... Revenons à ta mission. Est-ce que tu as vraiment dit la vérité à l'empereur ?

– Oui. Le peuple désire qu'il chante.

– Tu n'as pas exagéré pour lui faire plaisir ?

– Non. Les gens sont impatients de l'entendre et ils sont furieux que les Napolitains aient été les premiers.

– Cela me rassure. Je suis certain que, de toute façon, Néron aurait chanté. Je préfère que ce soit avec l'assentiment du peuple... Maintenant, je suppose qu'il va me demander de m'occuper personnellement du concours.

– Il me l'a dit, effectivement.

– Comme si je n'avais que cela à faire !

Après avoir poussé quelques jurons, le préfet du prétoire se ressaisit.

– Mais puisque c'est le plus important pour notre César, cela passe avant tout le reste. Je te remercie, Gemellus...

– J'ai autre chose à te dire. Il y a eu une émeute à la suite du deuxième échec du sacrifice. La foule s'en est prise à la tribune et elle l'a incendiée.

– Je viens de l'apprendre. Tu as des informations plus précises à ce sujet ?

– Oui. Les émeutiers proféraient des injures et des menaces contre les nouvelles religions, en particulier une que je ne connais pas, les chrétiens. Leur dieu s'appellerait Christos.

Tigellin fixa Lucius avec beaucoup d'intérêt.

– Moi, j'en ai entendu parler. Ce sont des juifs dissidents. L'un d'eux a été jugé il n'y a pas longtemps par le tribunal de l'empereur, ici, à Rome. Il a été acquitté, je crois.

– Tu sais qui ?

– J'avoue que je n'ai pas suivi l'affaire de près. Ces querelles religieuses entre juifs me donnent mal à la tête. Qu'as-tu appris sur les chrétiens ?

– Ils feraient des sacrifices humains et mangeraient leurs victimes.

– Rien que cela !... Je ne savais quelle nouvelle mission te donner, elle est toute trouvée.

– C'est que Néron me veut auprès de lui...

– Quand il chante, mais il ne va pas s'entraîner toute la journée, sinon, il n'aurait plus de voix. Tu as le temps d'être mes oreilles à moi aussi.

– Qu'attends-tu de moi exactement ?

– Que tu t'infiltres chez les chrétiens et que tu vérifies ces accusations.

– Tu as une idée de la façon de procéder ?

– Ce sont des juifs, va dans une synagogue. Si tu ne

les rencontres pas eux, tu glaneras sans doute des renseignements.

Lucius se préparait à se retirer, mais le préfet du prétoire le retint.

– Une dernière chose : prends garde à toi !

– Tu penses que cela peut être dangereux ? à cause des chrétiens ?

– À cause d'eux et des autres. Ils ont des ennemis et on va te prendre pour l'un des leurs.

Lucius Gemellus salua et se retira. Il n'était pas à proprement parler inquiet, mais il avait conscience que cette journée des *Fordicidia* venait de changer radicalement son existence.

3

La prédication de Paul

On était samedi. Lucius Gemellus se répétait cette phrase qui, jusqu'alors, ne signifiait absolument rien pour lui. Comme tous ses contemporains, il ne connaissait que les mois. À une exception près, pourtant : les juifs vivaient au rythme d'une de leurs inventions, la semaine. Ils avaient divisé le temps en périodes de sept jours d'après le livre sacré de leur religion, qui disait que Dieu avait créé le monde en six jours et s'était reposé le septième. C'était pourquoi celui-ci, le samedi ou sabbat, était sacré pour eux. Toute activité y était interdite et c'était ce jour qu'avaient lieu leurs cérémonies.

La synagogue où Lucius se rendait était située fort loin du Palatin, de l'autre côté du Tibre, dans le quartier assez malfamé de Transtevere. Il avait choisi celle-ci parce que la boutique de ses parents était sur le chemin et il en profiterait pour leur rendre visite... Cela faisait déjà trois jours que les *Fordicidia* avaient eu lieu. Pour l'instant, l'empereur ne l'avait pas appelé auprès de lui. Ses répétitions n'avaient pas commencé. Mais il lui avait fait dire par des émissaires de se tenir prêt. Lucius avait donc décidé de s'acquitter sans plus attendre de la mission de Tigellin.

Il n'avait jamais fréquenté les juifs et il aurait été très étonné si on lui avait dit qu'il allait un jour se mêler à eux. Il avait sur leur compte l'opinion généralement admise par ses concitoyens : c'étaient des gens bizarres et même incompréhensibles. Seuls de tous les peuples que Rome avait soumis, ils avaient refusé la civilisation qu'elle apportait, préférant garder leurs coutumes et, en premier lieu, leur religion. À tel point qu'il avait fallu faire une dérogation pour eux. À cause de leur refus de travailler un jour sur sept, ils avaient été exemptés du service militaire. Ils étaient dispensés également de pratiquer la religion officielle et, en particulier, le culte de l'empereur. Mais, malgré ces mesures libérales, ils supportaient mal le joug romain. L'agitation était constante en Palestine et on craignait qu'éclate un soulèvement général.

Contrairement aux autres groupes religieux, les juifs ne cherchaient pas à faire d'adeptes, ce qui ne les empêchait pas d'exercer un fort pouvoir d'attraction sur certains cercles de la société romaine. Beaucoup de gens trouvaient séduisante cette religion au dieu unique et au culte rigoureux. Mais adopter toutes ses contraintes, à commencer par la circoncision, leur paraissait trop difficile. C'était pourquoi ils se contentaient de fréquenter les synagogues en visiteurs, le jour du sabbat. Pour cela, il leur était seulement demandé de respecter les interdits alimentaires. On appelait « craignant-Dieu » ces sympathisants du judaïsme, qui étaient de plus en plus nombreux dans la ville. Lucius Gemellus allait se présenter comme l'un d'eux.

Il s'était mis en marche sans se presser. Le temps était merveilleux. Le soleil était chaud pour la saison, ce qui n'empêchait pas de gracieux nuages de s'attarder dans le ciel serein. Dans cette atmosphère de rêve, Rome resplendissait et Lucius, qui n'aimait rien plus que sa ville, profitait du spectacle. Il adorait cet univers, qui était devenu le cadre de son activité professionnelle. Rome n'était pas une ville rationnelle, bâtie selon un plan bien établi, avec des larges artères se croisant à angle droit, comme Alexandrie ou, à une moindre échelle, Pompéi. Rome, c'était tout le contraire, c'était l'improvisation, le désordre, l'anarchie, la manifestation la plus exubérante de la vie !

Sur le Palatin, un certain ordonnancement régnait encore. Les villas étaient régulièrement espacées. On ne voyait, d'ailleurs, quasi rien d'elles. Leurs murs étaient aveugles ou presque ; la seule ouverture sur la rue était la porte d'entrée. Les fenêtres s'ouvraient à l'intérieur, sur l'atrium, les cours et les jardins. Les riches tournaient le dos à la ville et vivaient entre eux, dans le calme que leur permettait leur aisance. Mais, dès qu'on commençait à descendre la colline en direction du Circus Maximus, tout changeait. Les rues devenaient plus étroites, la taille des habitations s'élevait, jusqu'à trois, quatre et bientôt six et même sept étages. Quelquefois, elles étaient si hautes et la rue si peu large qu'elles se rejoignaient presque à leur sommet. Ces immeubles populaires étaient tout sauf agréables à habiter avec leurs cloisons minces, leurs escaliers raides, leurs pièces exiguës, mais, vus d'en bas, ils étaient un régal pour les yeux. À la différence des demeures patriciennes, ils étaient percés de nombreuses fenêtres, dont beaucoup avec un balcon. La plupart étaient fleuris et, avec les plantes grimpantes, lierre, vigne vierge, jasmin, qui envahissaient les façades, ils avaient l'allure d'immenses végétaux poussant au cœur de la ville.

Dans la rue, le spectacle n'était pas moins étonnant. Dès le matin, les activités les plus diverses accaparaient tout l'espace disponible. Les tavernes et les commerces empiétaient à droite et à gauche sur le passage, avec leurs comptoirs et leurs étals. Le maître d'école n'était pas moins encombrant, car la plupart des cours se donnaient en plein air, et il fallait se frayer un passage entre l'enseignant debout et ses petits élèves assis à même le sol. Au milieu de tout cela, circulaient les innombrables colporteurs, marchands d'ustensiles les plus divers, vendeurs de produits alimentaires en tous genres, depuis les paysans qui apportaient les légumes de leur potager ou les poules de leur basse-cour, jusqu'au marchand de saucisses chaudes qui les faisait griller sur un brasero. Cela n'empêchait pas les barbiers de raser leurs clients. Ils les installaient où ils pouvaient sur des tabourets et leur dextérité était telle que, bien que sans cesse bousculés par les uns et par les autres, ils accomplissaient leur travail sans causer la moindre égratignure.

Au sein de ce va-et-vient, on ne voyait pas d'attelage ou presque. Depuis un décret de Jules César, la circulation des véhicules était interdite le jour, sauf pour ceux qui convoyaient des matériaux de construction, car on ne pouvait bâtir qu'à la lumière. Les embouteillages, à Rome, avaient lieu la nuit. Mais, malgré cette mesure indispensable, la circulation se faisait mal. Quelquefois, il fallait rester un bon moment sur place avant d'avancer. Outre les piétons, les litières et autres chaises à porteurs disputaient la place aux carrioles des entrepreneurs en bâtiment. Là, c'était une élégante véhiculée par ses esclaves nubiens, noirs comme l'ébène, qui réclamaient le passage à grands cris ; là-bas, c'était un enterrement : une forme recouverte d'un drap allait sur un brancard, suivie de porteurs de torches, de joueurs de flûte et de pleureuses aux cheveux couverts de cendres.

Tel était le quotidien des Romains, tel était le cadre dans lequel Lucius Gemellus menait ses enquêtes. C'était au milieu de cette bousculade et de ce vacarme qu'il interrogeait les uns et les autres et, chaque fois qu'il s'y plongeait, il avait l'impression d'y puiser des forces... Il arriva au bas de la rue qui descendait le Palatin et déboucha dans l'étroite plaine qui s'étendait entre cette colline et l'Aventin. Là se dressait le Circus Maximus, la plus grande installation sportive de l'Empire, qui pouvait accueillir sur ses gradins deux cent cinquante mille spectateurs. Ses alentours abritaient de nombreux commerces, presque exclusivement de tissus ou d'huile, parmi lesquels la boutique des parents de Lucius.

Ce n'était jamais sans émotion qu'il revenait sur les lieux où il avait passé la quasi-totalité de sa vie et où il avait vu le jour. La petite échoppe, encadrée par deux boutiques de vêtements, faisait face au Circus Maximus, qui la dominait de toute sa masse. On ne pouvait pas dire que l'endroit était spacieux. Le magasin lui-même occupait le rez-de-chaussée, avec une arrière-salle qui servait à la fois de salle à manger et d'entrepôt. Deux petites chambres avaient été bâties au-dessus, c'était tout.

Lucius ne tarda pas à apercevoir ses parents qui s'affairaient à leur commerce. Son père et sa mère se ressemblaient. Ils avaient la même rondeur physique, qui correspondait à leur caractère. Romains de pure souche, ils étaient l'un et l'autre d'un naturel jovial et cette heureuse disposition était le meilleur atout pour vendre leur marchandise. Or ce n'était pas facile : la concurrence était acharnée, des dizaines de commerçants en huile se pressaient dans un rayon de quelques centaines de pas. Mais le couple Gemellus savait s'y prendre. Tous deux avaient autant de bonhomie que de faconde et ils s'étaient répartis les clients : lui s'occupait des hommes et elle des femmes. Le père de Lucius avait la plaisanterie facile et quelquefois un peu leste, ce dont il n'avait pas honte, car, comme il avait l'habitude de le dire : « Quand on vend de l'huile, on peut faire de temps à autre une plaisanterie grasse. » Son épouse faisait semblant de ne pas entendre ses propos osés, tandis qu'elle était elle-même en conversation avec ses clientes. Elle avait un talent incontestable pour la cuisine, dont elle avait hérité de sa propre mère. Elle connaissait mille recettes pour accommoder à l'huile les mets les plus divers, cela se savait et attirait vers la boutique nombre de maîtresses de maison ou de domestiques en charge des repas. Bref, les Gemellus étaient connus dans tout le quartier et bien au-delà. On venait même du Palatin pour s'approvisionner chez eux.

Lorsqu'ils aperçurent leur fils, ils abandonnèrent un instant leurs jarres et leurs amphores pour aller l'accueillir. Il y avait longtemps qu'ils ne l'avaient pas vu et ils manifestèrent leur contentement par de grandes embrassades. M. Gemellus fit à Lucius les remontrances habituelles, lui demandant, sur le ton de la plaisanterie, ce qu'il attendait pour que César fasse d'eux leur fournisseur attitré, puis, hélé par un groupe de clients, il le quitta à regret. Sa mère, au contraire, s'attarda. Elle poussa un soupir.

– Tu te fais de plus en plus rare, mon grand.

– J'ai du travail, maman.

– Tu penses revenir un jour chez nous ? C'est toi qui reprendras la boutique quand nous serons vieux.

– Alors, ce n'est pas pour demain. Vous n'avez jamais été plus jeunes tous les deux.

– La vieillesse vient plus vite que tu ne crois.

Elle soupira de plus belle.

– Je ne comprends pas comment tu peux rester chez ces gens-là.

« Ces gens-là » : Mme Gemellus n'avait jamais appelé autrement l'empereur Néron et son entourage. Non qu'elle éprouvât la moindre hostilité à leur égard, mais, pour elle, chacun devait rester à sa place, les gens du peuple avec les gens du peuple, les marchands avec les marchands, les courtisans avec les courtisans. Elle n'avait toujours pas admis l'événement fortuit qui avait conduit son fils à la cour. Lucius lui sourit.

– J'y reste parce que je m'y plais. Quand ce ne sera plus le cas, je partirai.

– Au moins, fais attention. Ne t'approche pas des personnages importants. Ils sont dangereux, même s'ils ont l'air bien intentionné. Promets-le-moi !

Lucius se garda bien de lui dire qu'il venait d'être brusquement précipité dans l'intimité de l'empereur.

– N'aie crainte, maman. Maintenant, je dois te quitter. J'ai du travail.

– Tu vas encore interroger des gens pour ton Tigellin ?

– Oui, c'est cela.

– Quand reviendras-tu ?

– Bientôt, je te le promets.

Lucius l'embrassa sur les deux joues, envoya de loin un grand salut de la main à son père, qui était en train de s'esclaffer avec un groupe de clients, et s'en alla d'une démarche rapide. Il ne s'agissait pas d'être en retard à la synagogue...

Il prit la direction du Tibre, cette fois sans s'attarder à contempler le décor environnant. Il approchait du fleuve, lorsqu'il eut un geste qu'il ne faisait jamais : il se retourna. Était-ce parce que le préfet du prétoire lui avait conseillé de se méfier ? Était-ce simplement l'instinct ? Il n'aurait su le dire. Toujours est-il qu'il vit, à une vingtaine de pas derrière lui, un groupe de quatre individus au physique impressionnant. Il les avait remarqués tandis qu'il parlait avec sa mère. Ils discutaient un peu plus loin, devant une boutique de vêtements. Il pouvait s'agir d'une coïncidence. Pour en avoir le cœur net, il se remit en marche pendant quelque temps, puis s'arrêta devant l'étal d'un cordonnier, feignant d'être intéressé par les chaussures. Il se retourna discrètement : les quatre hommes s'étaient arrêtés aussi devant un autre commerçant. Il n'y avait pas de doute, il était suivi.

Il reprit sa route, sans se presser, pour ne pas donner l'éveil, mais dans son esprit, les pensées se bousculaient. Qu'est-ce que cela signifiait ? Les chrétiens ou bien leurs adversaires étaient-ils déjà au courant de ses intentions ? Cela semblait invraisemblable. Mais alors qui ? Car il ne s'agissait pas de simples malfaiteurs. Ces gens le suivaient, soit pour savoir où il allait, soit pour se débarrasser de lui quand il se trouverait dans un endroit isolé. Et, à la réflexion, vu leur nombre et leur physique, c'était cette dernière hypothèse la plus probable. De toute manière, dans un cas comme dans l'autre, il devait les semer.

La chose ne posait pas de problème dans cet environnement particulier qu'était Rome. En effet, en dehors des rues principales, qui n'étaient pourtant pas bien larges, il n'y avait pour ainsi dire pas de voie. De part et d'autre, c'était un entassement invraisemblable de constructions, depuis des grands immeubles jusqu'à des cabanes en bois, en passant par des hangars, d'anciens bâtiments publics transformés en campements de fortune, des autels délabrés dédiés à des dieux oubliés. Seuls les habitants du quartier y venaient, les autres s'y seraient immanquablement perdus. Lucius Gemellus n'avait donc qu'à obliquer à droite ou à gauche pour se mettre hors de portée de ses poursuivants. Il risquait lui-même de s'égarer, mais au moins il serait débarrassé d'eux. Il décida pourtant de n'en rien faire, car agir ainsi aurait été leur révéler qu'il les avait repérés. Il préféra attendre une circonstance favorable, qui lui permettrait de s'éclipser sans se faire remarquer et continua son chemin.

Une musique très rythmée s'élevait un peu plus loin, ce qui le fit sourire... Il avait reconnu les musiciens ambulants de Cybèle. Une fois par mois environ, le clergé de la déesse parcourait les rues pour quêter, ce qui créait toujours une vive animation et des attroupements. Il allait essayer d'en profiter.

Peu après, il était sur place. Les prêtres eunuques de Cybèle, qui s'étaient émasculés le jour du Sang, la principale fête de leur religion, dansaient en se tailladant les bras avec des épées à lame recourbée. Ils étaient habillés d'une longue robe safran. Leurs cheveux, teints en blond pâle, étaient retenus par une résille. Ils étaient fardés, avaient du rouge aux lèvres et les yeux faits. Autour d'eux, des jeunes filles vêtues de robes presque transparentes, au visage enduit de plâtre, jouaient du sistre, du tambourin et de la flûte, tandis que des vieillards tenant une branche de laurier et une corbeille passaient pour recueillir les oboles.

Lucius ne put s'empêcher de remarquer l'attitude du public. Les gens entouraient avec sympathie les prêtres et leurs assistants, frappaient la mesure avec les mains, leur criaient des encouragements, et la plupart donnaient généreusement dans les corbeilles, alors que trois jours plus tôt, les mêmes vociféraient contre les nouvelles religions et détruisaient la tribune impériale en criant : « À mort Cybèle ! » Mais ce n'était pas pour le surprendre, les foules sont versatiles, il le savait depuis longtemps.

Il était en train de se demander à quel moment il allait s'éclipser, lorsqu'un nouvel incident survint de la manière la plus opportune pour lui. Dans sa danse frénétique, l'un des prêtres heurta le brasero d'un marchand de saucisses et le fit si malencontreusement que des braises tombèrent sur les bottes de paille d'un vendeur de fourrage. Le résultat fut immédiat : une gerbe de flammes s'éleva, provoquant une panique générale. Tout le monde s'égailla dans tous les sens et la cohue était telle que Lucius se trouva hors de vue de ses poursuivants. Il en profita pour courir droit devant lui. Lorsqu'il se retourna, ils avaient disparu. Il reprit une démarche normale et, peu après, franchissait le pont Sublicius, qui donnait accès au quartier de Transtevere.

Si les services du préfet du prétoire ne l'avaient renseigné avec précision, il aurait eu bien du mal à découvrir la synagogue. Rien, en effet, ne la distinguait du reste. Il s'agissait d'une modeste construction de briques abritée sous un figuier géant, au fond d'une cour délimitée par plusieurs immeubles de cinq étages. Lucius Gemellus se fit la réflexion que les juifs ne mettaient guère de soin pour construire leurs lieux de culte, mais c'était peut-être une question de prudence.

Comme il approchait, il se rendit compte qu'il n'était pas le seul à marcher dans cette direction. Les membres de la communauté juive se dirigeaient vers le bâtiment. C'étaient de pauvres gens, sans doute des employés des nombreuses tanneries alentour ou des portefaix déchargeant les marchandises sur les bords du Tibre. Ils étaient accompagnés de leurs épouses et de leurs enfants. Ils se connaissaient tous et se saluaient joyeusement. Mais Lucius remarqua aussi des personnes qui semblaient moins à leur aise ; elles se contentaient d'un signe de tête à l'adresse des autres et entraient rapidement dans la synagogue. Il comprit qu'il s'agissait des craignant-Dieu. Eux n'habitaient pas ici et, comme lui, avaient dû parcourir un long chemin pour venir. Il se mêla à l'un de leurs groupes, dans l'espoir de pénétrer discrètement dans le bâtiment, mais il n'en fut rien. Un homme assez âgé, aux longs cheveux gris qui dépassaient du châle couvrant sa tête, l'arrêta. Il était barbu, chose si rare dans l'Empire romain. Lucius comprit qu'il s'agissait du responsable de la synagogue, que les juifs appelaient rabbin.

– Qui es-tu ? Je ne t'ai jamais vu.

– C'est effectivement la première fois que je viens. Je cherche la vraie religion.

– Tu n'as rien mangé d'interdit ?

– Je me suis conformé à toutes les prescriptions.

L'homme n'ajouta rien et le laissa entrer. La synagogue était aussi simple à l'intérieur qu'à l'extérieur. Il s'agissait d'une salle rectangulaire divisée en trois par des poteaux. Des palmes accrochées aux murs formaient la seule décoration. Lucius remarqua qu'il n'y avait autour de lui que des hommes ; les femmes étaient allées sur une sorte de balcon, au fond. Devant, se dressait une estrade. Sur une table, était posé un chandelier à sept branches. Lucius était assez déconcerté, mais trouvait, dans l'ensemble, que cette simplicité ne manquait pas de grandeur. Elle lui inspirait plus de respect, en tout cas, que des cérémonies comme celles de la vache pleine. Il n'oubliait pas sa mission et ne voyait pas encore comment s'y prendre pour rencontrer des chrétiens. Mais chaque chose en son temps. Il s'assit sur son banc avec les autres.

L'office ne tarda pas à commencer. Le rabbin répandit de l'eau de menthe sur le sol, après quoi, il alla vers un petit coffre accroché au mur du fond et en sortit des rouleaux enveloppés dans un étui de lin. Il les posa sur la table, puis il déplia l'un d'eux et commença la lecture d'un passage. Le texte était dans une langue que Lucius ne connaissait pas, mais il s'agissait, de toute évidence, du livre sacré de leur religion. À la suite du rabbin, des personnes de l'assistance vinrent lire d'autres passages. Il y eut ainsi sept lectures. Puis, commencèrent des prières dites par tous, toujours dans la même langue. Cela dura un long moment et Lucius se demandait ce que les craignant-Dieu pouvaient bien tirer de telles cérémonies, puisque tout se passait dans une langue qu'ils ignoraient. Mais les prières cessèrent et le rabbin se tourna vers l'assistance. Cette fois, il s'exprima en pur latin.

– J'invite maintenant celui qui le désire à s'exprimer.

Un homme quitta alors son banc. Il ne payait guère de mine. Il avait un peu plus de cinquante ans. Il était de petite taille, avec une tête volumineuse, le crâne dégarni et le nez busqué. Tandis qu'il montait sur l'estrade, Lucius remarqua ses jambes arquées et ses bras grêles. Il prit la parole, lui aussi en latin, et tout changea. Il avait une voix vibrante, qui emplit la salle.

– Mes frères et mes sœurs, je suis venu vous annoncer la bonne nouvelle. Jésus Christ, le Messie, est mort sur la croix pour nos péchés. Il est ressuscité d'entre les morts et il promet à tous les hommes la vie éternelle !

Lucius Gemellus sursauta : l'homme venait de prononcer le nom de « Christ », il avait devant lui un chrétien ! Il se préparait à écouter la suite avec l'attention la plus extrême, mais il n'en eut pas le loisir. Le rabbin coupa la parole à l'orateur :

– Tu n'as pas le droit de parler ainsi ! Le Messie ne peut pas être mort sur la croix. Ce sera, au contraire, un guerrier invincible qui délivrera le peuple juif de la servitude.

– Le Christ est le Messie et il apporte le salut à tous les hommes de bonne volonté.

– Tu blasphèmes ! Le Messie ne s'adresse pas à tous les hommes, mais seulement à ceux qui ont la vraie foi.

L'orateur ouvrit la bouche pour répliquer, mais, sur

un signe du rabbin, plusieurs fidèles se saisirent de lui et le jetèrent dehors sans ménagement.

Lucius Gemellus n'hésita pas : il se leva de son banc. Il fallait absolument qu'il retrouve cet homme et qu'il l'interroge. Mais à sa grande surprise, il ne fut pas le seul à agir ainsi. Tous les craignant-Dieu firent de même, les hommes aussi bien que les femmes, et tous se retrouvèrent dehors, dans la cour entre les hauts immeubles, sous le figuier géant.

L'orateur avait été jeté à terre et s'était relevé. Il était occupé à essuyer la poussière dont il était couvert quand il vit arriver le petit groupe.

– Qui êtes-vous ?

L'un des compagnons de Lucius prit la parole :

– Des craignant-Dieu. Nous ne sommes pas juifs, mais nous fréquentons la synagogue, certains d'entre nous depuis longtemps. Nous avons été intéressés par tes paroles. Est-il vrai qu'il n'y a pas besoin d'être juif pour connaître le vrai Dieu ?

– C'est vrai. Le Christ s'est adressé à tous les hommes, les juifs et les païens, les hommes et les femmes, les esclaves et les hommes libres, et tous seront sauvés s'ils croient en lui.

– Ce Christ dont tu parles, tu l'as rencontré ?

– Oui, je l'ai rencontré.

– Peux-tu nous dire qui tu es ?

Tous s'étaient groupés autour de lui et, à l'ombre du figuier géant, l'homme entreprit de leur répondre. Sa voix était toujours aussi prenante. Il y avait un contraste impressionnant entre son physique chétif et la force spirituelle qui se dégageait de lui.

– Je m'appelle Paul de Tarse. Je suis le fils d'un fabricant de tentes. Je me destinais à être docteur de la Loi et je suis allé étudier à Jérusalem. C'est là que j'ai vu les premiers chrétiens et je les ai combattus avec les autres juifs. Mais un jour que je me rendais à Damas, le Seigneur m'est apparu dans une grande lueur et il m'a dit : « Paul, pourquoi me persécutes-tu ? » Depuis, je prêche dans le monde entier la parole du Christ.

– C'est pour cela que tu es venu à Rome ?

– Non, j'y ai été conduit comme prisonnier. J'ai été arrêté à Jérusalem après une altercation avec les prêtres du Temple. Mais j'ai fait appel au tribunal de l'empereur, en tant que citoyen romain. Je viens de comparaître devant lui et il m'a acquitté. Alors, j'ai décidé de continuer ma prédication dans la capitale de l'Empire.

Lucius Gemellus se félicita de l'inspiration qui lui avait fait choisir cette synagogue. Ainsi, il avait devant lui l'homme dont Tigellin lui avait parlé, sans doute un des responsables de la nouvelle religion... Paul continuait de répondre aux questions et d'exposer sa doctrine. Ses interlocuteurs, à présent, s'étonnaient et même s'indignaient que le Christ ait pu être crucifié.

– Il n'est pas possible que ton dieu ait connu la mort des esclaves criminels !

– Il a choisi cette manière de se sacrifier pour l'humanité. Et nous devons l'imiter.

La réponse, visiblement, ne satisfaisait qu'à moitié ses

auditeurs. La croix était un supplice infamant et ils n'arrivaient pas à associer cette image avec celle d'un dieu. L'un d'eux s'exprima sur un ton quelque peu ironique :

– L'imiter, en quoi faisant ? En nous faisant crucifier nous aussi ?

– En aimant, nous aussi, tous les hommes.

– Vraiment tous ?

– Tous. Même nos ennemis...

Cette fois, ce fut, chez les craignant-Dieu, l'étonnement le plus complet. Il faut dire que de tels propos étaient déconcertants, voire incompréhensibles. Pour tout le monde, le bien, la morale, consistait à s'améliorer soi-même. Il fallait cultiver les vertus, maîtriser ses désirs, avoir une vie équilibrée, bref, donner la meilleure image de soi possible. Mais aller vers autrui n'avait strictement aucun sens. Lucius n'était pas moins surpris que les autres. Il se souvenait du temps, pas si lointain, où il était un de ces petits écoliers apprenant à lire et à écrire dans les rues de Rome. Il était le plus dégourdi, le plus éveillé et, pour cette raison, son maître l'avait pris en affection. C'était un philosophe et il lui avait enseigné quelques préceptes de sa doctrine. Or ceux-ci tournaient tous autour du perfectionnement de soi. Il se souvenait de la formule qu'il employait et qui l'avait marqué à jamais : « Sculpte ta propre statue. »

Il trouvait, jusqu'à présent, qu'il n'y avait rien de plus beau comme idéal et il avait essayé, avec les moyens qui étaient les siens, de le mettre en pratique. Or voilà que ce Paul en proposait un autre : aimer les hommes. Pour l'instant, il ne comprenait pas exactement ce que cela signifiait, il comprenait seulement que quelque chose de nouveau et d'important venait de faire irruption dans sa vie... Comme il y avait un instant de silence dans la conversation, il décida d'intervenir à son tour :

– Certains disent que vous faites des sacrifices humains et que vous mangez vos victimes.

Paul eut un sourire.

– Je sais que cela se dit, effectivement. On ne peut pas empêcher les gens de parler, n'est-ce pas ? Cela vient de ce que nous faisons des repas fraternels, au cours desquels nous mangeons symboliquement le corps du Christ, sous la forme du pain et du vin.

Lucius ne fut pas étonné de la réponse. Des gens qui avaient une pareille élévation d'esprit ne pouvaient commettre ce genre d'atrocités. Il avait posé la question par obligation professionnelle, c'était l'agent de Tigellin qui avait parlé. Le vrai Lucius, lui, restait étonnamment troublé... Le dialogue entre Paul et les craignant-Dieu se poursuivit. Une jeune femme de son âge à peu près prit la parole :

– Tu as parlé de salut, tout à l'heure. Que veux-tu dire par là ?

– Ceux qui ont été justes et qui ont aimé leur prochain connaîtront après leur mort le bonheur dans le Christ.

– Mon mari est mort l'année dernière. C'était un homme bon et juste, mais il croyait à nos dieux. Crois-tu qu'il puisse connaître le bonheur quand même ?

– S'il a aimé, il est sauvé.

– Je te remercie, Paul. Je te remercie sincèrement...

Lucius était plus troublé encore. Son épouse Marcia, elle aussi, avait été bonne et juste. Selon la religion romaine, elle habitait désormais les enfers, un au-delà sans lumière et sans joie où tous les morts vivaient à jamais une existence diminuée, quoi qu'ils aient fait durant leur vie. Elle connaissait le même sort que les individus de la pire espèce, elle côtoyait un tyran comme Caligula, une dévergondée comme Messaline. Or les chrétiens affirmaient qu'il pouvait y avoir une récompense si nous avions fait le bien sur cette terre. Bien sûr, il n'y croyait pas encore, cela ne pouvait aller aussi vite, mais il sentait qu'il n'avait pas fini d'y penser... Tandis qu'il se faisait ces réflexions, Paul prit congé.

– À ceux qui veulent aller plus loin dans la voie du Christ, je donne rendez-vous dans une semaine et un jour, près du lieu où j'habite, au croisement de la via Salaria et de la via Nomentana.

Plusieurs craignant-Dieu l'assurèrent qu'ils viendraient, d'autres ne dirent rien. Paul lança encore :

– Je vous invite à la prudence. Tout le monde ne voit pas les chrétiens d'un bon œil.

Et il s'en alla, d'une démarche malgracieuse, sur ses jambes arquées.

Le petit groupe se dispersa et Lucius alla sans hésiter dans la direction de la jeune femme qui venait de parler. Tout en s'approchant d'elle, il la découvrit vraiment. Il se dégageait d'elle autant de beauté que de sagesse. Elle avait un visage régulier, des cheveux très bruns parfaitement coiffés en bandeau, et un nez retroussé un peu impertinent. Il l'aborda avec l'air chaleureux qui était le sien en toutes circonstances.

– J'aurais posé la même question que toi, si tu ne l'avais pas fait. Moi aussi, j'ai perdu mon épouse. Elle s'appelait Marcia...

Et Lucius Gemellus se présenta ou, du moins, raconta une partie de la vérité, car tout ce qui concernait ses activités pour Tigellin était secret.

Il vendait donc de l'huile avec ses parents, en face du Circus Maximus, et Marcia les aidait au magasin, avant que la mort se saisisse d'elle et de leur enfant. La jeune femme parut touchée et se présenta à son tour :

– Je m'appelle Delia. J'habite près du Forum. Moi aussi, je suis marchande, mais je n'ai pas de magasin comme toi, je vends mes galettes dans la rue.

Ils se mirent en route et firent plus ample connaissance. Lucius découvrit en Delia une jeune femme pleine de vie et de sensibilité. Elle était affranchie. Née esclave, elle avait reçu la liberté à la mort de ses maîtres. Comme, chez eux, elle s'occupait de la cuisine, elle avait essayé d'en faire son métier et elle avait eu l'idée de vendre des galettes qu'elle fabriquait elle-même. Les débuts avaient été très durs, mais elle avait fini par gagner assez pour vivre. C'était dans la rue qu'elle avait rencontré son mari, l'assistant d'un barbier. Ils avaient eu le coup de foudre et s'étaient mariés tout de suite. Il avait quitté ses rasoirs pour vendre les galettes, mais il était mort d'une fièvre, après seulement six mois de mariage. Elle n'avait pas d'enfant.

Tandis qu'elle parlait, Lucius remarqua qu'elle regardait parfois à droite et à gauche d'un air inquiet. Il lui en fit l'observation. Elle hésita à lui répondre, mais elle finit par le faire :

– Je ne sais pas ce qu'il se passe, mais depuis quelque temps, j'ai l'impression d'être suivie.

– Il y a une raison pour que quelqu'un te veuille du mal ?

– Non, aucune. Je ne vois pas...

– C'est depuis que tu fréquentes la synagogue ?

Delia réfléchit un instant et répondit :

– Oui, à peu près depuis ce moment-là. Tu as raison.

– De toute façon, je t'accompagne jusque chez toi...

Ils poursuivirent leur conversation. Delia lui expliqua que, depuis la mort de son mari, elle était désemparée et s'était mise à chercher dans d'autres religions les réconforts que le culte officiel ne pouvait lui apporter. C'était ainsi qu'elle en était venue à fréquenter les synagogues, mais elle avoua que le langage de Paul l'avait touchée plus que tout ce qu'elle avait entendu jusque-là.

Ils parlèrent alors de cet amour si étonnant d'autrui que prônaient les chrétiens. Ils en étaient aussi surpris l'un que l'autre, mais, tandis que Lucius avait encore besoin de réfléchir, Delia était déjà convaincue. Elle lui dit qu'elle viendrait sûrement retrouver Paul dans une semaine et un jour et lui demanda s'il y serait aussi. Lucius fut tenté de lui répondre oui, car tout cela l'intéressait tant professionnellement que personnellement, mais il se souvint que les répétitions de chant allaient commencer et il avait bien peur d'être empêché de faire quoi que ce soit pendant un long moment. Il répliqua prudemment :

– Je viendrai, si mon travail me le permet.

Elle s'étonna et voulut savoir ce qu'il y avait de si important pour qu'il ne puisse se libérer quelques heures. Il répondit de manière évasive. Il ne pouvait tout de même pas lui avouer que cette raison si importante s'appelait Néron.

4

Le professeur de chant

Comme tous les matins, Lucius Gemellus se trouvait à sa table de travail, dans une petite pièce au sein du vaste bâtiment qui abritait l'Administration. Il était en train de rédiger son rapport pour Tigellin concernant les chrétiens, un rapport on ne peut plus favorable. Il faisait justice des accusations ridicules d'anthropophagie, soulignait la valeur spirituelle de leur doctrine et concluait sur la nécessité d'un examen plus approfondi. C'était pourquoi il se proposait de revoir Paul, qui semblait l'un des chefs de leur Église.

S'il faisait ainsi un rapport écrit au préfet du prétoire au lieu de tout lui raconter de vive voix, c'était que celui-ci avait élu domicile dans le domaine du Vatican que possédait l'empereur de l'autre côté du Tibre. Il préférait être sur place pour s'occuper de tous les problèmes concernant le concours de chant et y avait transféré son bureau. Bien sûr, Lucius aurait pu s'y rendre, mais il jugeait plus prudent de rester dans le palais impérial, au cas où Néron l'aurait fait appeler. Et il s'en félicita quand il vit arriver un esclave essoufflé.

– Gemellus, l'empereur te demande d'urgence !

Il n'était pas question de s'attarder. Lucius prit tout de même le temps de confier son rapport à un autre esclave, pour qu'il parvienne à Tigellin et il emboîta le pas à l'envoyé de César.

À sa suite, il prit la direction des appartements impériaux, où il n'était pas retourné depuis sa première entrevue avec Néron. Peu après, il pénétrait dans l'immense pièce de réception décorée des deux fresques représentant Apollon. Comme la première fois, elle était remplie de visiteurs ayant sollicité une entrevue, mais la ressemblance s'arrêta là, car, dès qu'il fut entré, tout changea : il fut immédiatement reconnu et il y eut une bousculade effrénée dans sa direction. Des cris éclatèrent autour de lui :

– Gemellus ! Gemellus !...

Un inconnu lui tendit une tablette de cire, sur laquelle était rédigé un texte.

– Tu vas voir César. Remets-lui cette requête pour mon neveu, je t'en supplie !

Lucius n'en revenait pas ! Depuis le jour de la vache pleine, suivant en cela les conseils de Tigellin, il avait pris soin de ne pas se montrer à la cour, se rendant au petit matin dans le bâtiment de l'Administration et ne le quittant que le soir. Pourtant sa faveur auprès de Néron était connue de tout le monde : il était celui qu'il fallait approcher à tout prix.

Repoussant les uns et les autres, il était toutefois accroché de toutes parts, c'était tout juste si on ne déchirait pas sa tunique... L'un des sénateurs, qui avait fait partie de la délégation conduite par Pison et qui l'avait invité à dîner, se planta devant lui.

– Gemellus, quand viendras-tu chez nous ? Ma femme brûle du désir de te voir !

L'homme lui barrait le passage. Pour lui échapper, il fit un écart et se heurta à un personnage volumineux, sur lequel il s'écrasa presque. Il reconnut l'un des compagnons de Pétrone, qu'il avait rencontré le même jour, dans les jardins. Ce dernier était fardé et chargé de bijoux. Il s'adressa à lui d'une voix suave, qui avait pourtant quelque chose d'inquiétant :

– Tu te souviens de moi, Gemellus ? Je suis Trimalcion. Moi aussi, je t'invite à dîner. Mais ce ne sera pas un souper de sénateur, chez moi, ce sera un vrai festin. Pétrone sera là et il m'a même promis d'en faire le récit. Et en vers, s'il te plaît !

Cette fois, Lucius se dégagea avec quelque violence. Trimalcion, bousculé, faillit tomber à terre. Il se rétablit au dernier moment et eut un petit rire.

– Qu'est-ce qu'il te prend, Gemellus ? Tu as peur que je t'empoisonne ?

Lucius ne répondit pas. À la suite de l'envoyé de l'empereur, il parvint enfin à quitter la salle et, tandis qu'il traversait les pièces encombrées de statues, il put retrouver un peu ses esprits. C'était exactement cela : il avait peur qu'on l'empoisonne ou, du moins, il se sentait en danger avec tous ces gens. Il comprenait concrètement quel milieu était la cour, un lieu d'ambitions effrénées, de rivalités exacerbées. Et maintenant, sans qu'il l'eût voulu, il en faisait bel et bien partie, à ses risques et périls. Il revit sa mère le mettant en garde contre « ces gens-là » et il se dit que les mères avaient toujours raison. Mais, comme il arrivait devant la porte en marqueterie d'or et d'autres matériaux précieux, il pensa à Agrippine et révisa son jugement : non, les mères n'avaient pas toujours raison...

Néron l'attendait dans son bureau au milieu des chefs-d'œuvre de l'art grec et des statues malhabiles. Quand il le vit, il vint vers lui précipitamment et prit ses mains dans les siennes. Lucius put remarquer qu'il tremblait légèrement.

– Ah, te voilà, Gemellus ! Je t'ai fait venir parce que Terpnus va arriver.

Lucius n'avait jamais entendu ce nom-là.

– Je suis, désolé, César, je ne vois pas...

– Tu ne connais pas Terpnus ? Mais, voyons, c'est le plus grand professeur de chant de l'Empire ! Il rentre de Rhodes.

Néron se mit à déambuler fébrilement entre les statues.

– J'espère qu'il pourra me mener à la victoire. Car je me suis officiellement inscrit. C'est fait !

– C'est une heureuse décision...

– Et j'ai annoncé publiquement que je voulais être jugé uniquement sur mes qualités de chanteur.

Il s'arrêta devant Lucius et s'essuya la sueur qui lui coulait sur le visage.

– Tu te rends compte : si je perdais, moi, l'empereur, quelle honte ce serait !

– Tu ne perdras pas. Ta voix est divine, je te l'ai déjà dit...

Lucius se garda bien de montrer sa surprise, mais il n'en revenait pas ! L'empereur était dévoré d'angoisse. Il s'imaginait qu'il était réellement sur un pied d'égalité avec les autres, que le jury pourrait vraiment déclarer vainqueur un autre que lui. Comment une telle naïveté était-elle possible ? Néron était décidément un être déconcertant et désarmant. Il avait devant lui le maître du monde et il avait l'impression de se trouver en face d'un enfant... Néron se mit soudain à lui parler d'une voix différente, un peu lointaine, comme s'il rentrait en lui-même :

– Sais-tu comment je m'appelle ?

– Je te demande pardon ?

– Appelle-moi par mon nom.

– Tu es Néron.

– Non, cela, c'est mon nom d'empereur. Mon nom véritable, celui que j'ai reçu à ma naissance, est Lucius Domitius Ahenobarbus. Tu l'as oublié, comme tout le monde, et pourtant, nous avons le même prénom.

C'était vrai, Lucius le savait et l'avait oublié. Il ignorait d'ailleurs pourquoi l'empereur avait reçu ce surnom. Mais celui-ci l'éclaira sans qu'il lui pose la question :

– Il paraît que c'est ma mère qui m'a appelé la première ainsi et que, depuis, tous les autres l'ont imitée. Je suis Néron et Néron est devenu empereur. Mais, tu vois, j'aimerais revenir en arrière, j'aimerais qu'on m'appelle Lucius Domitius ou Lucius tout court. Tu le pourrais, toi ?

– Je n'ai pas l'habitude, César.

– Et tu m'appelles César. Tout le monde m'appelle César...

On frappa et un officier s'encadra dans la porte.

– Terpnus est là, César.

Néron fit signe qu'on lui donne l'entrée et, l'instant d'après, le professeur de chant était devant eux. Terpnus était sûrement d'origine grecque, car il avait le profil caractéristique de ce peuple, avec le nez dans le prolongement du front. Il était bien bâti, mais moins massif que l'empereur. Ses cheveux noirs lui tombaient en grosses boucles sur les épaules. Il s'inclina avec un large sourire, tandis que Néron venait lui donner l'accolade.

– Terpnus, te voilà ! Sois remercié par tous les dieux !

– Dès que j'ai appris que tu voulais me voir, j'ai accouru aussi vite que j'ai pu.

– Dis-moi ce que je dois faire ! J'hésite sur le morceau à interpréter. J'en ai travaillé plusieurs. Que penses-tu de « La fureur d'Hercule » ?

– Un instant, s'il te plaît, César. Avec ta permission, j'aimerais que nous parlions d'abord de mon salaire.

– Bien sûr. Je te propose cinq cent mille sesterces et cinq cent mille autres si je gagne le concours. Cela te convient-il ?

Terpnus accentua son sourire.

– Cela me convient tout à fait.

Il avisa alors Lucius et son visage se ferma.

– Mais d'habitude, lorsque je donne des leçons, je suis seul avec mes élèves.

– Tu as raison ! Je ne t'ai pas présenté Lucius Gemellus. C'est l'émotion. Je suis tellement fébrile...

Néron lui fit alors le même discours qu'aux autres personnes de son entourage : son frère par les astres, les oreilles de Tigellin qui allaient devenir les siennes pour représenter à ses côtés le public de Rome... Tandis qu'il parlait, Lucius adressa un sourire aimable au professeur de chant. Ce dernier écouta le tout sans faire de commentaire et commença sa première leçon.

– Tu parlais à l'instant du choix des morceaux, mais nous n'en sommes pas là. Connais-tu bien le règlement du concours ?

– Je sais que l'ordre de passage des concurrents est tiré au sort. Et j'ai exigé que rien ne soit changé. Je veux que tout soit parfaitement équitable.

– C'est un souci qui t'honore, mais ce n'est pas tout. Sais-tu que le meilleur chanteur du monde peut perdre quand même ?

– Comment cela ?

– Il est interdit, sous peine de disqualification immédiate, d'essuyer la sueur qui coule ou d'éternuer.

Il considéra le visage moite de l'empereur.

– Je vois que tu as tendance à suer beaucoup. Je te conseille de t'entraîner à chanter près d'une source de chaleur. Même chose pour les éternuements. S'il te vient l'envie d'éternuer, mets-toi à chanter et fais en sorte de te retenir.

– Je vais demander immédiatement qu'on aille chercher une torche et qu'on l'approche de mon visage.

– Patiente un peu. Nous n'en sommes pas encore à chanter. Il faut commencer par les vocalises. Envoie plutôt chercher une plaque de plomb.

– De plomb ? Pour quoi faire ?

– C'est la meilleure manière de développer la puissance vocale. Il faut se coucher sur le dos, placer la plaque sur la poitrine et faire les vocalises dans cette position.

Aussitôt, Néron alla demander qu'on lui apporte une plaque du plomb. Lucius Gemellus, qui observait toute la scène en silence, était stupéfait de voir l'empereur aussi docile. Sa passion pour le chant faisait de lui un élève timide. La manière dont il se comportait avec son professeur témoignait d'une admiration sans borne à son égard. Tandis qu'ils attendaient la plaque de plomb, Terpnus changea de sujet :

– Pour bien chanter, un régime est indispensable. Je suis sûr que tu bois trop de vin.

– C'est mauvais pour la voix ?

– Très mauvais.

– Alors, je n'en boirai plus jusqu'au concours.

– Il serait bon aussi que tu manges beaucoup d'oignons et d'huile. Cela, au contraire, est excellent.

– J'en mangerai à tous les repas.

Il y eut un silence. Néron hésitait visiblement à poser une question. Enfin, il se décida :

– Sais-tu si Hylas participera au concours ?

– Sans doute. Il y vient tous les ans. Pourquoi me demandes-tu cela ?

– Parce que c'est le meilleur chanteur de l'Empire.

– Le meilleur après toi. Si tu fais ce que je te dis, je te promets la victoire...

La plaque de plomb arriva, portée par deux soldats. L'empereur s'allongea de la manière que lui disait Terpnus et, à son signal, commença ses exercices... Sa voix emplit la pièce, pourtant immense. Gemellus ressentit quelque émotion. Ainsi donc, il était le premier des Romains à entendre la fameuse voix impériale ! Comme lorsqu'il s'était agi de poésie, il était bien en peine de juger, n'étant pas un spécialiste. Mais une chose était certaine : l'organe vocal de Néron était impressionnant ; lui-même aurait été incapable de produire un tel volume sonore. Pour l'harmonie, c'était autre chose. Il lui semblait qu'il y avait encore des progrès à faire.

Néron continua pendant un long moment à développer ses vocalises, démontrant qu'il possédait aussi un souffle étonnant, puis il s'arrêta, épuisé. Toujours allongé, avec sa plaque de plomb sur la poitrine, il se tourna vers Lucius.

– Alors, que pense le peuple de Rome ?

Terpnus fit la grimace en constatant que ce n'était pas à lui que l'empereur demandait son avis. Lucius s'en aperçut et décida de se montrer diplomate. Il ne fallait pas se faire de lui un ennemi. Pour cela, le mieux était de dire la vérité :

– Le peuple pense qu'Apollon t'a donné une voix divine, mais qu'il te faut améliorer ta technique. Et c'est bien pour cela que Terpnus est à tes côtés.

Ce dernier adressa un sourire amical à Lucius.

– Le peuple a parfaitement raison. Mais, encore une fois, je me fais fort de te donner la technique qui te manque. Maintenant, tu peux te relever.

Néron obéit. Les remarques de Lucius et de Terpnus l'avaient visiblement inquiété. Tout en retirant sa plaque, il demanda au professeur :

– C'est qu'il reste un peu plus de deux mois. Penses-tu que ce sera suffisant ?

– Largement, ne t'inquiète pas. Maintenant, passons au chant proprement dit... Tu m'as parlé de « La fureur d'Hercule » ?

– Je l'ai répété plusieurs fois. Je le sais par cœur.

– C'est un excellent morceau, mais il doit s'interpréter enchaîné. C'est ce qui sera exigé au concours. Je te conseille de t'entraîner à le chanter dès maintenant dans ces conditions.

Toujours aussi docile, l'empereur appela les gardes, leur demandant de revenir avec des chaînes. Un peu étonnés, ceux-ci s'exécutèrent. Lorsqu'ils revinrent et qu'ils virent que Terpnus entreprenait d'enchaîner l'empereur, ils sortirent leurs glaives. Néron leur cria juste à temps d'arrêter, sinon le malheureux professeur de chant aurait été abattu sur place. Il injuria les soldats, leur ordonnant de sortir et de ne revenir sous aucun prétexte.

Un peu tremblant, Terpnus se remit à la tâche et, lorsqu'il eut terminé, l'empereur put de nouveau se faire entendre. Comme lorsqu'il faisait des vocalises, Lucius trouva que sa voix était effectivement puissante, mais manquait d'harmonie. À la fin du morceau, il le lui dit franchement et Terpnus abonda dans le même sens. Encore une fois, l'empereur parut très affecté par ces critiques. Mais il essaya de faire bonne contenance.

– Peut-être que dans un autre morceau, je serai meilleur. J'ai aussi travaillé « Canacé accouchant ». Qu'en penses-tu, Terpnus ?

– C'est une bonne idée, mais tu dois aussi l'interpréter en situation, c'est-à-dire dans la position d'une parturiente.

Néron s'assit donc, écarta les jambes et prit une grande inspiration... Pour donner satisfaction à son auditoire, il voulut se surpasser. Il força sa voix déjà naturellement tonitruante et se mit à pousser des cris perçants. De nouveau, malgré l'interdiction, les gardes se précipitèrent. Découvrant le spectacle, ils demandèrent, affolés, si l'empereur était malade. Mais Terpnus leur répondit sans s'émouvoir :

– Non, il accouche.

5

« L'amour est le plus grand »

Néron n'avait provisoirement plus de voix. Il faut dire qu'il avait tout fait pour cela ! Au lieu de l'heure de vocalises par jour que lui avait prescrite Terpnus, il en faisait deux et, le reste du temps, il le passait à travailler ses airs pour le concours. Au grand désespoir de la cour et des siens, à commencer par Poppée, il n'apparaissait que brièvement aux repas, se contentant d'absorber un plat d'oignons à l'huile avec de l'eau, et il repartait s'enfermer dans son bureau pour continuer à s'entraîner.

Lucius Gemellus était présent à ses côtés pendant tout ce temps et devait répondre aux questions anxieuses de l'empereur sur ses progrès. Quelquefois, ce dernier le chargeait même de tenir une torche près de son visage pendant qu'il chantait. Terpnus était là aussi et il avait beau tenter de modérer son élève, rien n'y faisait. Jusqu'au jour où Néron se réveilla le matin affreusement enroué. Cette fois, le professeur de chant intervint vigoureusement. Il lui ordonna de s'arrêter jusqu'à nouvel ordre. S'il continuait ainsi, il allait casser sa voix, et non seulement il ne serait plus question de concours, mais il ne pourrait plus chanter du tout.

Inutile de dire que l'empereur obéit, ce qui, pour Lucius, représenta une véritable délivrance. D'autant plus que l'événement se produisit juste une semaine, pour parler comme les juifs et les chrétiens, après son passage à la synagogue. C'était le lendemain que Paul avait donné rendez-vous aux craignant-Dieu. Il allait pouvoir s'y rendre.

Lorsque le matin arriva, Lucius se rendit à pied du palais impérial à la via Nomentana, au nord de Rome. Tout naturellement, pendant ce long trajet, il ne put s'empêcher de faire le parallèle avec la situation qui était la sienne lorsqu'il avait parcouru les rues de la ville, huit jours plus tôt. Combien, en si peu de temps, sa vie avait changé ! Cette situation de favori de l'empereur, dont il n'avait pas mesuré au début toutes les conséquences, était évidemment le plus grand bouleversement. Mais on ne pouvait pas dire qu'il s'en réjouissait ! Il n'appréciait pas d'être ainsi exposé aux yeux de la cour. D'abord, c'était dangereux, il suscitait les jalousies, voire les haines, ensuite, il était confronté à tout ce qu'il y avait de plus déplaisant chez les individus : les faux sourires, les flatteries, les mensonges intéressés, les arrière-pensées de toute nature. En fait, dans ce rôle qui venait de lui échoir de la manière la plus inattendue, il n'avait qu'un motif d'agrément : Néron lui-même. Mais ce n'était pas la fierté de partager la vie du premier des Romains, c'était le personnage lui-même qui lui plaisait. Il découvrait, dans cet homme qu'il voyait jusque-là comme une statue vivante, un étonnant mélange de faiblesse et de force, d'enthousiasme et de doute, de tendresse et de brutalité. Néron, peu à peu, faisait place à Lucius Domitius Ahenobarbus, une sorte de frère jumeau, très différent de lui, mais d'autant plus attachant.

L'autre changement dans son existence, pour être moins spectaculaire, n'était pas moins important. Quelque chose s'était passé, le samedi, sous le grand figuier. Les paroles de Paul l'avaient profondément touché. C'était même à un tel point qu'il lui était arrivé de les réentendre, tandis que l'empereur faisait ses vocalises ou interprétait ses airs.

L'exigence d'amour était la plus impressionnante. Jusqu'ici, il avait aimé ses parents, Marcia, et il aurait aimé son fils, s'il avait vécu. Mais comment pouvait-on aimer des gens qui ne vous étaient rien, voire qui vous inspiraient de l'antipathie ? Il y avait là quelque chose à la fois de déroutant et de fascinant. L'espérance d'un salut l'avait également troublé. Elle donnait un sens à l'existence et, sans la faire disparaître, atténuait considérablement la douleur de perdre un être cher. Mais c'était précisément pour cela qu'il avait du mal à y croire. C'était trop beau, il fallait qu'il y réfléchisse davantage. Il n'en restait pas moins que la religion des chrétiens, tout comme celle des juifs, lui inspirait un profond respect. Et il ne pouvait pas en dire autant de la religion romaine ! Il partageait, sur ce point, l'opinion de Pétrone. Comment des dieux pouvaient-ils se soucier des éternuements ou des aboiements ? Comment pouvaient-ils demander qu'on leur sacrifie des vaches enceintes et qu'on brûle leurs embryons ? De telles divinités étaient des inventions des hommes et encore, de bien médiocre facture !

Restait Delia... La similitude de leurs sorts était ce qui lui venait spontanément à l'esprit, lorsqu'il repensait à elle. Ils avaient été tous deux, à l'orée de leur existence adulte, marqués par un événement tragique auquel ils essayaient de faire face, et il était sûr qu'ils pourraient s'entraider. Y aurait-il quelque chose d'autre entre eux ? C'était trop tôt pour le dire, leur deuil mutuel était trop récent. Une chose était certaine : il était heureux de la rencontrer tout à l'heure, il avait même hâte de la voir.

La pensée de Delia en fit naître une autre : les agressions dont ils avaient été victimes tous les deux. Il revint à la réalité et se reprocha vivement son imprudence : depuis son départ, il n'avait pas cherché à savoir s'il était suivi. Il se retourna donc à plusieurs reprises, puis se dissimula dans un endroit sombre pour voir passer d'éventuels poursuivants, mais il ne remarqua personne. Dès lors, il continua sa route l'esprit rassuré. Le printemps, comme la fois précédente, était radieux et il se sentait délibérément optimiste...

Il se présenta enfin à l'endroit indiqué par Paul, au croisement de la via Nomentana et de la via Salaria. Il n'était jamais allé dans ce quartier périphérique. On n'y retrouvait pas l'enchevêtrement anarchique du centre. La plupart des habitations étaient séparées les unes des autres, il y avait même quelques terrains vagues. Mais les lieux étaient passablement sinistres. Il s'y dressait, en particulier, une caserne de gladiateurs aux murs nus et noircis ; plusieurs baraquements de bois y étaient attenants. Ne sachant pas où se trouvait exactement le lieu de rassemblement, Lucius hésitait sur la direction à prendre, lorsqu'un homme assez pauvrement vêtu vint dans sa direction.

– C'est Paul que tu cherches ?

– Oui. Il ne m'a pas dit précisément où le retrouver.

– C'est qu'il nous faut prendre des précautions. Suis-moi...

À la surprise de Lucius, l'homme le conduisit vers un des bâtiments attenants à la caserne, une sorte de grange dont le rez-de-chaussée était entièrement fermé par des planches. Lucius vit son guide grimper sur une échelle qui conduisait au premier étage, il le suivit et se retrouva plongé dans l'obscurité. Sous ses pieds, le plancher était branlant.

– Ce n'est pas chez Paul qu'a lieu la réunion ?

– Non. C'est un peu plus loin. Il nous attend.

Ils passèrent à ce moment-là devant un trou dans la cloison, qui donnait un peu de lumière. Lucius jeta un coup d'œil à l'extérieur et aperçut Delia. Elle était entourée d'un groupe de gens qu'il ne connaissait pas, peut-être des chrétiens. Tous semblaient savoir parfaitement où ils allaient et se dirigeaient dans une tout autre direction. Du coup, les soupçons l'envahirent. Il s'adressa vivement à l'homme :

– Hé, toi ! Où me conduis-tu ?

Le résultat ne se fit pas attendre : l'individu détala, puis, soudain, frappa violemment le sol du pied. Une des lattes du parquet bascula et tomba avec fracas au rez-de-chaussée. N'étant pas encore revenu de sa surprise, Lucius ne s'était pas lancé à sa poursuite. L'homme en profita pour recommencer avec une seconde planche, et une troisième, dénudant ainsi l'espace entre le jeune homme et lui. Ensuite, avec la même rapidité, il fit tomber une seconde rangée de planches et disparut avec un rire sinistre.

Ayant enfin repris ses esprits, Lucius découvrit à quel piège il venait d'échapper. Le niveau inférieur était occupé par des fauves, qui devaient participer aux mêmes représentations que les gladiateurs : deux couples de lions et plusieurs tigres. C'était là que voulait le précipiter son agresseur. Il y avait sans doute, un peu plus loin, une trappe ou un mécanisme quelconque qu'il s'apprêtait à actionner. Pour la seconde fois, il venait d'échapper à une tentative de meurtre !

Sa méfiance lui avait permis de déjouer l'attentat, mais il n'était pas tiré d'affaire pour cela. Le vide créé par l'homme était trop grand pour qu'il songe à sauter : il n'avait pas la place pour prendre un élan suffisant et il avait peur de trébucher en courant sur ce sol instable.

Heureusement, il restait une solution : de chaque côté, le long du mur, une poutre reliait les deux parties du plancher. Il devait s'y engager sans plus tarder, car son agresseur pouvait revenir, peut-être avec des complices. Il s'aventura donc sur cet étroit passage. Il n'avait pas particulièrement le vertige, mais il avançait avec difficulté. Il y avait juste la place pour poser les pieds, et un tigre, rendu furieux par une planche reçue sur le museau, faisait des bonds terribles pour l'atteindre. Il était un peu trop bas, mais arrivait à accrocher de ses griffes la poutre, qui tremblait sous le choc.

Lucius s'efforçait de se concentrer sur ses pas et de ne pas prêter attention aux rugissements furieux de l'animal. Mais que sa progression était lente ! De temps en temps, il jetait un coup d'œil anxieux en bas : les autres fauves s'étaient levés et ne le quittaient pas des yeux, visiblement prêts à profiter du repas au cas où leur congénère serait parvenu à ses fins.

Enfin, il arriva en face et s'arrêta un moment pour reprendre ses forces et se remettre de ses émotions... Son agresseur ne faisait pas partie de ceux qui l'avaient suivi lorsqu'il était allé à la synagogue, il en était certain. Il ne s'agissait donc pas d'un acte isolé, il avait toute une organisation à ses trousses. L'affaire devenait sérieuse et il devait en parler à Tigellin au plus tôt... Il mit un terme à ses pensées. Malgré ce qui venait de se passer, il ne devait pas arriver en retard à l'invitation de Paul. Il poursuivit son chemin avec précaution, redescendit l'échelle et prit la même direction que celle du groupe où se trouvait Delia.

La maison où les avait conviés Paul était un bâtiment

modeste, mais relativement vaste. Il avait peut-être appartenu autrefois à l'ensemble d'installations dépendant de la caserne. Lucius s'attendait à trouver un lieu de culte, même très simple, comme la synagogue, mais il n'en fut rien. C'était une habitation ordinaire. De même, il pensait qu'allait se dérouler une cérémonie religieuse quelconque, mais, là encore, ce n'était visiblement pas le cas. Des mets simples – olives, oignons, fèves, poisson séché, fruits – étaient disposés sur une longue table. Il s'agissait d'une invitation à un repas.

Le maître de maison lui-même alla saluer, en les embrassant, chacun des arrivants, y compris Lucius. À nouveau, ce dernier fut frappé par son physique si particulier, dans lequel l'esprit dominait entièrement le corps. Il remarqua aussi que la plupart des hommes et des femmes s'embrassaient, comportement tout à fait inhabituel à Rome. Lui-même n'osa pas les imiter. À Delia, en particulier, il se contenta d'adresser un sourire. Elle fit de même et n'alla pas vers lui. Il n'en conclut pas à de la froideur de sa part. Il pensa qu'elle voulait rester recueillie et que sa présence à ses côtés l'aurait distraite. Il resta donc là où il se trouvait.

Paul prit place à l'un des bouts de la table et les autres s'installèrent. Conservant ses réflexes professionnels, Lucius détailla l'assistance. Lui compris, ils étaient trente en tout. Le plus remarquable était la diversité des origines sociales. Il y avait de pauvres gens, des affranchis, peut-être même des esclaves et des personnes beaucoup plus aisées. C'était en particulier le cas du couple auprès duquel il avait pris place. Ils appartenaient visiblement à la grande bourgeoisie de la ville.

Une fois que tout le monde fut assis, le silence se fit. Nul ne touchait aux plats et Lucius, comme les autres, attendit sans bouger. Paul se leva alors, prit un gros pain qui se trouvait devant lui et dit :

– Nous te rendons grâce, Notre Père, pour la vie et la connaissance que tu nous as révélées par Jésus, ton serviteur. Gloire à toi dans les siècles !

Puis il prit un morceau du pain, qu'il porta à sa bouche, et tendit le reste à celui qui se trouvait à côté de lui. Le pain circula ainsi autour de toute la tablée, chacun se servant à son tour dans le plus grand silence. Lucius reçut le pain de son riche voisin, en préleva une bouchée et le tendit de l'autre côté, à une brunette, dont les vêtements trahissaient la modeste origine. Il était vivement impressionné, tant par la ferveur qui se dégageait de ce rituel que par sa simplicité. Quand le reste du pain fut revenu devant Paul, ce dernier leva une coupe de vin, en but une gorgée et reprit la parole :

– Nous te rendons grâce, Notre Père, pour la sainte vigne de David, ton serviteur, que tu nous as révélée par Jésus, ton serviteur.

La coupe circula de la même manière que le pain. Lorsqu'il but, Lucius sentit son émotion croître encore. Il comprenait à présent le sens des paroles de Paul concernant l'amour. Il se produisait quelque chose d'extraordinaire ! Il aimait ces gens qu'il voyait pour la première fois, comme ceux-ci l'aimaient eux-mêmes. L'amour s'était, pour ainsi dire, physiquement installé autour de cette table... Paul poursuivit, s'adressant visiblement aux nouveaux venus :

– Ainsi a fait Notre-Seigneur, lors du dernier repas qui a précédé son sacrifice, et nous faisons de même en mémoire de lui. Il est ici parmi nous, car il a dit : « Là où deux ou trois sont présents en mon nom, je suis présent au milieu d'eux. »

Ensuite, il se servit une poignée d'olives sur le plat qui était devant lui, donnant le signal du repas, et les conversations s'engagèrent entre les convives. Le voisin de Lucius se tourna vers lui.

– Je m'appelle Honorius, je suis médecin. Voici ma femme. De l'autre côté de toi, tu as Caria, notre esclave. Je te souhaite la bienvenue parmi nous.

Lucius se présenta à son tour ou, du moins, dit qu'il vendait de l'huile en compagnie de ses parents. Après quoi, il se mit à questionner son voisin, car ce qu'il venait d'entendre était extraordinaire.

– Tu dis que tu es venu avec ton esclave ?

– Elle ne l'est plus maintenant. Elle est notre sœur. Nous lui avons parlé, ma femme et moi, et nous l'avons convaincue.

Auprès de Lucius, la brunette à l'allure modeste acquiesça. Lucius pensa à Sénèque, à ses grandes tirades contre l'esclavage et aux milliers de malheureux qui s'échinaient sur ses terres. Ce que le philosophe n'avait pas fait, les chrétiens le réalisaient sans phrases ni discours inutiles. Lucius s'apprêtait à poursuivre la conversation avec le médecin, mais la voix de Paul s'éleva au bout de la table :

– J'engage les nouveaux venus à prendre la parole. Si l'un d'entre eux a quelque chose à dire, j'essaierai de lui répondre.

Oui, l'un d'eux avait quelque chose à dire, c'était Delia, qui s'exprima d'une voix passionnée :

– Comment devient-on chrétien ?

– En recevant le baptême par aspersion de l'eau.

– Alors, je veux recevoir le baptême Je crois en votre Dieu.

Paul hocha la tête.

– Ce sera fait, si tel est ton désir. Mais il importe avant que tu saches ce que cela impliquera pour toi. Ne plus pratiquer la religion romaine, c'est te mettre à l'écart des autres. Tu vas devenir suspecte à beaucoup, et peut-être, un jour, risqueras-tu ta vie.

– Cela ne me fait pas changer d'avis.

D'autres craignant-Dieu présents exprimèrent le même désir. Paul s'en réjouit et, toujours à leur attention, précisa sa doctrine :

– Vivre avec notre foi ne signifie pas entrer en révolte contre les autorités. Nous devons, au contraire, nous montrer parfaitement respectueux des lois, auxquelles nous devons obéissance. Car le Christ a dit : « Il faut rendre à César ce qui est à César et à Dieu ce qui est à Dieu. »

Lucius passait par toutes sortes d'émotions. La décision de Delia l'impressionnait. Elle lui faisait un peu peur, aussi : les mises en garde de Paul ne pouvaient être négligées. En ce qui le concernait, ainsi qu'il se l'était dit en venant, il ne se sentait pas encore décidé. De plus, sa position particulière vis-à-vis des chrétiens l'obligeait à la réserve. Quand sa mission auprès de Tigellin serait terminée, il serait toujours temps d'aviser. Mais pour sa mission, précisément, il venait d'obtenir une information décisive : les chrétiens prêchaient l'obéissance civile. Non seulement les accusations criminelles colportées par la rumeur étaient fausses, mais il n'y avait rien de subversif dans leur mouvement. Il allait pouvoir faire un rapport entièrement positif au préfet du prétoire...

Le repas se poursuivit dans cette atmosphère si particulière de fraternité et d'amour. Et ce fut justement d'amour qu'il fut question, quand, au moment de se séparer, les participants demandèrent quelques mots encore à Paul. Celui-ci y consentit. Il prit la parole d'une voix un peu différente, plus solennelle, plus émue, aussi :

– Quand j'aurais le don de prophétie, la science de tous les mystères et de toute la connaissance, quand j'aurais la foi la plus totale, celle qui transporte les montagnes, sans l'amour, je ne serais rien. Quand je distribuerais tous mes biens aux affamés, quand je livrerais mon corps aux flammes, sans l'amour, je n'y gagnerais rien. Les prophéties ? Elles seront abolies. Les langues ? Elles prendront fin. La connaissance ? Elle sera abolie. Seules ces trois-là demeureront : la foi, l'espérance et l'amour, mais l'amour est le plus grand.

En sortant de la maison de Paul, après avoir pris congé

de son hôte, Lucius alla retrouver Delia, qui cette fois vint elle aussi vers lui, comme s'il était naturel qu'ils se retrouvent et qu'ils rentrent ensemble. Ils cheminèrent un moment en silence. Ils revivaient ces instants qui les avaient si fortement impressionnés tous les deux. Lucius finit par prendre la parole :

– Pourquoi veux-tu te faire chrétienne ? Tu n'étais pas aussi décidée la dernière fois.

– Cela m'est venu exactement quand j'ai bu la gorgée de vin. C'est arrivé tout d'un coup. Je ne sais comment te l'expliquer...

Lucius n'avait pas besoin d'explication, il comprenait. S'il n'avait pas assisté à ce repas, il aurait dit que la jeune femme était un peu exaltée. Mais dans cette ferveur qui les avait entourés, tout pouvait arriver. Cette soudaineté lui faisait penser à un coup de foudre et la comparaison était juste, car c'était bien d'amour qu'il s'agissait.

– Je te comprends. Mais tu n'as pas peur, après ce qu'a dit Paul ?

– Non. Ou plutôt, j'ai déjà peur. Alors, cela ne changera rien.

– On t'a encore attaquée ?

– Oui, en venant ici. Quelqu'un m'a lancé des pierres avec une telle violence que j'ai failli être blessée.

– Tu as pu voir qui ?

– J'ai vu s'enfuir une forme voilée. On aurait dit une femme. Mais c'était sûrement un homme. Une femme n'a pas une telle force.

Instinctivement, Lucius regarda autour d'eux... Personne de ce genre n'était visible. Delia reprit :

– Cela a commencé la première fois où je suis allée à la synagogue. Tu crois qu'il y a des gens qui en veulent aux juifs et aux chrétiens et que c'est pour cela qu'on m'attaque ?

Lucius repensa aux vociférations de la foule sur le Capitole et à l'agression dont il avait été, lui aussi, victime... Oui, une organisation fanatique de ce genre pouvait exister. Lorsqu'il serait informé, Tigellin mettrait certainement les moyens qu'il faut pour en avoir le cœur net. Mais il pouvait également s'agir d'autre chose.

– C'est peut-être aussi quelqu'un qui t'en veut personnellement. La dernière fois, tu m'as dit que tu ne voyais pas. Tu as réfléchi depuis ?

– Oui, mais je ne vois toujours pas...

Lucius changea de sujet. Il ne servait à rien de continuer à échafauder des hypothèses.

– Tu vas vendre tes galettes ?

– Il faut d'abord que je les cuise. D'habitude, je les cuis tôt le matin, mais là je n'ai pas pu.

Delia expliqua qu'elle allait les cuire en rentrant chez elle et qu'elle les vendrait la nuit. Lucius s'étonna :

– Tu penses que tu auras des clients ?

– Bien sûr. Je l'ai déjà fait. La nuit, il y a beaucoup de charretiers et les marchands ne sont pas nombreux.

C'était effectivement la conséquence du décret de Jules César interdisant la circulation des véhicules le jour : à

Rome, les nuits étaient presque aussi animées que les journées... Lucius répondit sans hésiter :

– Alors, je reste avec toi. Je ne veux pas te laisser seule. C'est trop dangereux !

Delia refusa quelque temps, mais finit par accepter... Après un long trajet, ils arrivèrent enfin là où elle habitait, au centre de Rome, tout près du Forum. Il s'agissait d'un immeuble de six étages, en face du temple de Vénus Cloacine. Ce petit bâtiment religieux tirait son nom de la *Cloaca maxima*, le grand égout de la ville, près duquel il était construit et sur lequel il veillait. À Rome, la déesse de l'amour était la protectrice des égouts, mais personne ne s'en étonnait, tant les incongruités de ce genre étaient nombreuses dans la religion officielle.

Delia grimpa d'un pas alerte l'escalier de son immeuble ; pourtant, c'était au sixième étage que se situait son petit logement. En entrant, Lucius découvrit un intérieur modeste, mais décoré avec goût. Il y avait, en particulier, une profusion de fleurs. Elle lui expliqua qu'elle vendait ses galettes à côté d'une fleuriste ambulante et qu'en partant, elles s'échangeaient ce qui leur restait de leur marchandise. Puis elle conduisit Lucius sur le balcon. Elle semblait ravie de lui faire les honneurs de son logis. Elle était redevenue pleine de gaieté et de vie. On ne sentait plus rien, tant de la ferveur qui avait été la sienne au cours du repas, que des craintes qu'elle avait exprimées ensuite... Si la maison était fleurie, le balcon, de grandes dimensions, presque de la taille d'une pièce, était une véritable splendeur florale. Loin en bas, parvenaient, assourdis, les cris et la rumeur de Rome. Elle lui désigna un fourneau sur lequel étaient entassées les galettes soigneusement alignées.

– Je les ai préparées avant de partir. Il n'y a plus qu'à les cuire.

Elle s'occupa d'allumer le fourneau. De la fumée ne tarda pas à s'élever. Elle eut un petit rire.

– Normalement, c'est interdit dans l'immeuble, à cause des incendies. Mais tout le monde le fait. Comment est-ce qu'on vivrait, sinon ?

En attendant que les galettes cuisent, ils se remirent à causer. Delia demanda à Lucius de lui parler de son commerce à lui. Comment vendait-il son huile avec ses parents ? Lucius lui répondit en évoquant des souvenirs déjà anciens. Il raconta son enfance à l'ombre du Circus Maximus, lui décrivit le couple Gemellus, célèbre dans tout le quartier pour sa faconde et sa bonne humeur... Il était au milieu de son récit, lorsqu'on frappa avec violence à la porte. Ce fut si soudain que Delia tressaillit des pieds à la tête. Elle était toute blanche.

– C'est lui ! Je suis sûre que c'est lui !

– Ne bouge pas !

Lucius se précipita et ouvrit brusquement la porte, mais il n'y avait personne. Il courut à l'escalier et ne vit rien non plus. Il descendit les marches quatre à quatre, espérant retrouver l'inconnu, mais il arriva au rez-de-chaussée sans l'avoir rencontré. Il semblait s'être volatilisé. Il ne lui restait plus qu'à remonter pour tenter de rassurer Delia, mais ce ne serait pas facile : il trouvait lui-même que la situation devenait franchement inquiétante. Effectivement, la jeune femme était encore toute tremblante et il eut bien du mal à trouver des mots apaisants, tandis que cuisaient les galettes.

Ils descendirent avec leur marchandise, à la tombée de la nuit. Delia s'installa à son emplacement habituel, non loin du temple de Vénus Cloacine. Ils n'eurent pas longtemps à attendre. Le dernier rayon du soleil avait à peine disparu que les chars firent leur entrée dans la ville. Ils avaient beau y être habitués tous les deux, c'était à chaque fois aussi impressionnant. Cela commençait par un bruit sourd qui provenait de la périphérie et se rapprochait rapidement. Peu à peu, le sol se mettait à trembler. Puis les sons devenaient plus nets. Au grondement indistinct du début, succédaient le frottement des roues sur les dalles, le grincement des essieux, le cliquetis des sabots, les cris des équipages. Et tout à coup, ils arrivaient ! Ils surgissaient comme une mer qui a rompu ses digues et c'était, dès lors, un vacarme insupportable... Tel était le quotidien des Romains. Ils payaient la relative facilité de circuler dans la journée par des nuits constantes d'insomnie. Mais, de l'avis général, c'était quand même la seule solution et chacun prenait son mal en patience.

Les chariots de toutes sortes avaient pris possession de Rome. Au milieu de ce déferlement, Lucius pouvait voir Delia faire preuve d'une aisance étonnante. Elle se faufilait entre les lourds véhicules, manquant de se faire écraser et proposait sa marchandise aux uns et aux autres avec de grands sourires et de joyeuses exclamations. Le plus étonnant était que beaucoup s'arrêtaient pour la lui acheter. Delia avait, tout comme ses parents, le génie du commerce. Elle vendait moins ses galettes que les quelques instants de détente qu'elle procurait à ces hommes affairés.

Lucius n'était pas près d'elle. Il avait pensé qu'une femme seule aurait plus de succès qu'un couple auprès de cette clientèle exclusivement masculine et, surtout, il voulait prendre du recul pour la protéger efficacement. S'il avait été à ses côtés, au milieu de cette bousculade, il n'aurait pas pu voir d'où serait parti un éventuel danger. C'était pourquoi il avait pris place sur le socle d'une statue d'Auguste, d'où on avait une excellente vue sur les environs. Il faisait nuit, mais tous les charretiers avaient une torche et on y voyait à peu près distinctement. En tout cas, le temps passa sans que se produise le moindre incident.

Au bout de plusieurs heures, il vit brusquement venir Delia. Elle s'arrêta en bas de la statue en lui montrant son panier.

– J'ai fini ! Il en reste juste pour nous...

Lucius la rejoignit prestement. Il avança la main pour prendre une galette, mais elle arrêta son geste.

– S'il te plaît, je préférerais aller ailleurs.

– Chez toi ?

– Non, j'aurais trop peur, après ce qui s'est passé.

– Où cela, alors ?

– Il y a un endroit où je vais parfois quand j'ai envie

d'être seule. C'est un peu mon refuge. C'est après le Champ de Mars, dans le cimetière.

– Le cimetière !

– Cela te déplaît ? Tu ne veux pas ?

– Non. Je te suis.

Il y avait toutes sortes de cimetières aux alentours de Rome, depuis des fosses communes jusqu'à ceux de l'aristocratie. Celui situé près du Champ de Mars appartenait à la seconde catégorie. Lorsqu'ils y parvinrent, c'était le petit matin. Bien entendu, les lieux, déjà peu fréquentés dans la journée, étaient déserts à cette heure. Delia le fit remarquer à Lucius :

– Tu vois, il n'y a personne. Ici, au moins, je suis sûre de ne pas être suivie.

Elle se dirigeait avec beaucoup d'aisance au milieu des tombes et finit par s'arrêter devant un somptueux monument funéraire en forme de temple. Une porte en bois et en bronze en défendait l'entrée, mais elle n'était pas fermée à clé et elle la poussa.

Lucius était très intrigué. Sans oser le dire à sa compagne, il se demandait si elle n'avait pas des goûts morbides. C'est dire sa surprise lorsqu'il pénétra dans la pièce. Ce n'était pas un tombeau, mais une salle à manger ! La faible lumière matinale, qui pénétrait par la porte ouverte et une ouverture située en haut, était suffisante pour découvrir l'intérieur. Au centre, se trouvait une table de marbre encadrée par deux lits de même matière. Mais ce n'était pas tout. Le mur était décoré d'une fresque représentant également un repas. Un homme et une femme dans la force de l'âge, visiblement l'époux et l'épouse, étaient allongés devant une table chargée de victuailles et regardaient les arrivants d'un air bienveillant. À leurs pieds, un chien levait la tête pour quémander quelque nourriture... Lucius savait que, dans certains tombeaux des plus riches familles, étaient aménagées des pièces de ce genre, qui servaient à des banquets rituels aux dates anniversaires des disparitions, mais c'était la première fois qu'il en voyait une.

Delia s'allongea sur l'un des lits de marbre, mit le panier au milieu de la table et s'empara d'une galette. Lucius s'installa sur l'autre lit et fit de même. Nullement impressionnée par le lieu où elle se trouvait, elle prit la parole d'un ton enjoué :

– Je viens ici depuis des années. Je n'ai jamais rencontré personne et j'ai toujours trouvé la porte ouverte. Je crois que la famille le fait exprès pour offrir un refuge aux pauvres gens.

Lucius lui désigna le couple sur le mur.

– Tu sais qui c'est ?

– Non. Mais je pense que ce sont leurs enfants qui ont fait faire cette peinture. Si c'est le cas, c'est qu'ils sont morts ensemble ou très peu de temps l'un après l'autre. Je me suis toujours demandé de quoi. D'un accident ? d'une maladie qu'ils auraient attrapée en même temps ? Mais j'ai fini par me dire que c'était de chagrin. L'un est mort le premier et l'autre ne l'a pas supporté. C'est plus beau comme cela, tu ne trouves pas ?

Lucius regardait cet homme et cette femme qui leur

souriaient calmement à tous deux et une pensée curieuse lui vint : il s'agissait de leurs époux disparus, qu'ils pleuraient l'un et l'autre. La mort les avait réunis, ils banquetaient dans l'au-delà et ils les regardaient manger dans le monde des vivants. Marcia était bonne et juste. Qu'aurait-elle dit en le voyant ainsi avec Delia ? Certainement de continuer à vivre, de choisir l'avenir et non le passé... Il détourna les yeux de la fresque et les posa sur sa compagne.

– Il est beau aussi de vivre.

Delia parut vivement touchée par ces mots. Elle réfléchit un instant, puis hocha la tête.

– Tu as raison, c'est beau aussi...

Ils se turent et continuèrent à manger leurs galettes en silence. Lucius ne savait pas ce qu'éprouvait Delia, mais elle était certainement tout aussi émue que lui. Deux repas, venant juste l'un après l'autre, étaient en train de changer leur vie, voire de la bouleverser. Il ne voulait pas savoir quels étaient exactement ses sentiments pour elle, tout ce qu'il savait, c'était que, tout comme chez Paul, un convive s'était invité à leur table : l'amour. Ils pouvaient lui dire de rester ou de s'en aller, mais il était là... La voix de la jeune femme le tira de ses pensées :

– Viendras-tu à mon baptême ?

– Si je le peux, certainement.

Pour la première fois, Delia manifesta de la mauvaise humeur à son égard.

– Comment cela, « si tu peux » ? Tes parents ne sont pas capables de vendre leur huile sans toi quelques heures ?

Il était impossible de répliquer quoi que ce soit à une pareille question. Lucius réfléchit quelques instants, il ne voulait pas s'engager à la légère. Il décida finalement que, même avec Néron, il trouverait un moyen, n'importe lequel, mais il trouverait ! Il déclara :

– Je viendrai.

– Promets-le-moi !

– Je te le promets.

La jeune femme poussa une exclamation joyeuse et désigna à Lucius son lit de marbre.

– Je vais dormir un peu. Même si ce n'est pas confortable, cela ne me dérange pas, je dors n'importe où. Tu peux faire pareil, si tu veux.

Lucius, lui, avait besoin d'un certain confort pour dormir. De plus, après toutes les émotions qu'il venait de vivre, il avait tant de choses en tête qu'il ne se sentait pas le calme nécessaire au sommeil. Il eut beau se tourner et se retourner, prendre une position, puis une autre, il n'arriva à rien. Au bout d'un moment, n'y tenant plus, il murmura :

– Delia, Delia ! Tu m'entends ?

La jeune femme ne répondit pas. Elle s'était effectivement endormie. Pris d'une impulsion, il se leva et s'installa près d'elle. Il voulait simplement la tenir dans ses bras et la protéger, veiller sur elle, comme l'homme et la femme de la fresque veillaient sur eux. Mais à peine fut-il allongé qu'elle se tourna vers lui.

– Lucius, il ne faut pas...

Elle approcha son visage tout près du sien. Leurs lèvres se touchèrent. Elle répéta :

– Il ne faut pas...

Mais elle l'enlaça et le couvrit de baisers, disant tout doucement : « Il ne faut pas... » Lucius ne put résister davantage, il l'étreignit...

Il ouvrit brusquement les yeux. Il faisait plein jour. C'était un rêve. Contrairement à ce qu'il avait cru, il s'était endormi tout de suite. Il se mit sur pied : Delia avait disparu. Elle avait emporté son panier, seules restaient quelques miettes de galettes sur le sol et la table.

Il demeura un long moment pour reprendre ses esprits, violemment troublé par ce qui venait d'arriver. Il ne pouvait plus se cacher les sentiments qu'il éprouvait pour la jeune femme, le désir qu'elle lui inspirait. Mais était-ce sa faute ? Elle était belle, il était jeune, c'était la nature qui le voulait ainsi. Il leva les yeux vers la fresque : l'homme et la femme le regardaient avec la même bienveillance, comme s'ils comprenaient et ne lui en tenaient pas rigueur.

Lucius rajusta sa tunique et remit de l'ordre dans ses cheveux ébouriffés. Il ne devait pas s'attarder. La matinée semblait bien avancée, il devait aller trouver Tigellin, que son office auprès de l'empereur l'avait empêché de rencontrer depuis des jours. Il regarda une dernière fois le couple. Un rayon de soleil venu de l'ouverture d'en haut l'éclairait vivement et il se répéta pour lui-même la dernière phrase de Paul, qui était plus vraie que jamais, quel que soit le sens qu'il fallait lui donner :

– L'amour est le plus grand.

6

Le théâtre du Vatican

De l'autre côté du Tibre, sur la colline vaticane, s'étendait un parc tracé par Auguste. Néron y avait fait construire une villa, un cirque personnel et un théâtre au milieu des bosquets. C'était là qu'il avait donné, les années précédentes, des fêtes privées, au cours desquelles il avait chanté. Lucius savait aussi, depuis qu'il l'avait entendu dire par Sénèque, qu'il allait s'y entraîner en secret à conduire les chars.

Il était près de midi lorsqu'il y parvint. Il trouva les lieux, qu'il n'avait jamais vus jusque-là, tout à fait charmants : alors qu'on était tout près de la ville, on avait l'impression de se trouver à la campagne. De nombreux chariots chargés de pierres et de matériaux de construction convergeaient dans cette direction. Une barrière délimitait l'accès au domaine. Un détachement commandé par un officier montait la garde. Ce dernier reconnut Lucius.

– Tu trouveras le préfet au théâtre. Tu n'as qu'à suivre les chariots. Ils y vont tous.

Lucius partit dans cette direction, le long d'une large voie pavée bordée de lauriers-roses, dont les fleurs étaient en bouton. La grande masse du théâtre apparut au sortir d'un tournant, au milieu d'un chantier sur lequel s'affairait une armée d'ouvriers. Il s'agissait visiblement de travaux d'agrandissement. La construction d'origine s'élevait en bas, en pierre plus sombre ; la partie neuve avait déjà doublé la capacité initiale et la structure s'élevait encore.

Comme Lucius approchait, un grondement partit en provenance du théâtre. Il n'avait jamais rien entendu de pareil ! C'était comme si une centaine de véhicules lourdement chargés avaient dévalé ensemble une pente. Le sol en tremblait presque. Très intrigué, il continua d'avancer et ne tarda pas à déboucher sur la scène. Le bruit venait de cesser aussi brusquement qu'il avait commencé. Il reconnut la massive silhouette du préfet du prétoire au milieu de la scène. Comme dans tous les théâtres, celle-ci était circulaire et les gradins s'élevaient autour en hémicycle. Sur ces derniers, il fut surpris de découvrir une nombreuse assistance. Ils n'étaient pas pleins, loin de là, mais il y avait quand même plusieurs milliers de personnes. En examinant mieux, il constata qu'il s'agissait uniquement de jeunes gens. Regardant de plus près encore, il remarqua qu'ils avaient tous les cheveux longs et portaient une bague à la main gauche. Tigellin, qui venait de découvrir sa présence, vint vers lui.

– Salut, Gemellus ! Je sais que les ennuis de voix de

notre César t'ont libéré. Tu t'es remis à travailler pour moi ?

– Je reviens de chez les chrétiens.

– Tu n'as pas perdu de temps... Je t'écouterai avec intérêt tout à l'heure. Mais d'abord, j'en termine avec la claque.

– La claque ?

– Tous ceux que tu vois ont été recrutés pour acclamer l'empereur le jour du concours. Ils sont trois mille, répartis en trois groupes de mille : les applaudisseurs avec les pieds, les applaudisseurs à mains creuses et les applaudisseurs à mains plates. Mais tu vas constater toi-même !

Le préfet du prétoire revint se placer au milieu de la scène, face au public. Il fit un geste de la main, déclenchant aussitôt un véritable cataclysme. Les applaudisseurs avec les pieds s'étaient mis à frapper le sol frénétiquement. C'était ce bruit que Lucius avait entendu en arrivant, ce grondement presque aussi assourdissant que celui du tonnerre.

Mais ce n'était pas terminé, Tigellin fit un autre geste et les applaudisseurs à mains creuses entrèrent en action à leur tour, sans que cessent les premiers. Eux ne frappaient pas de manière continue, mais de façon rythmée, sur une cadence assez lente. C'étaient des coups sourds qui ébranlaient l'air et semblaient capables de tout faire s'écrouler. Lucius Gemellus n'avait jamais assisté au siège d'une ville, mais il imaginait que c'était ce bruit que devait faire le bélier lorsqu'il était lancé contre les portes de bois et de bronze. Tigellin fit alors un troisième geste, libérant les applaudisseurs à mains plates. Cette fois, c'était encore autre chose. Ceux-ci ne respectaient aucune mesure, frappant sans s'arrêter, dans un déferlement incessant. Le son produit, plus aigu, avait quelque chose de fracassant. C'était comme si on s'était trouvé au milieu d'une nuée d'insectes s'acharnant sur vous. Quant à la superposition des trois, les mots manquaient pour la décrire. Elle avait des allures d'éruption volcanique ou de tremblement de terre... Le préfet du prétoire laissa le cataclysme se poursuivre quelque temps, puis fit un dernier geste et tout s'arrêta d'un coup. Il se tourna vers Lucius, l'air satisfait.

– Alors, qu'est-ce que tu en penses ? C'est au point, n'est-ce pas ?

– Tu ne crois pas que cela risque d'effrayer le reste du public ?

– Pas du tout. Quand le théâtre sera terminé, il sera beaucoup plus grand. Je compte porter la capacité à quarante mille places. Dans ces conditions, le volume sonore sera tout à fait raisonnable.

Lucius ne répliqua rien. D'ailleurs, le préfet du prétoire en avait terminé avec cette partie de son travail. Un chef de claque lui succéda pour poursuivre la répétition et lui-même quitta les lieux. Lucius le suivit. Ils se mirent à déambuler dans l'allée aux lauriers-roses, tandis que, dans le théâtre, le vacarme reprenait.

– Tu as découvert autre chose depuis le rapport que tu m'as envoyé ?

– Oui. Les chrétiens ne s'occupent que de religion. Pour le reste, ils prêchent l'obéissance aux lois de Rome.

– Donc, ils ne représentent aucun danger ?

– Aucun.

– Où a eu lieu la réunion où tu t'es rendu ?

Lucius hésita un instant, mais répondre ne serait pas trahir Delia et les autres. Après ce qu'il venait de dire, il savait que le préfet du prétoire n'entreprendrait rien contre eux.

– Chez Paul, au croisement de la via Nomentana et de la via Salaria, dans un bâtiment qui devait appartenir à une caserne de gladiateurs.

– Tu noteras tout cela dans un second rapport. Tu avais autre chose à me dire ?

– Oui, j'ai été victime d'une nouvelle agression.

Et Lucius raconta la tentative de meurtre dont il avait été l'objet. Il émit l'hypothèse que c'était peut-être le fait d'une organisation hostile aux chrétiens et aux juifs, sans parler toutefois de ce qui était arrivé à Delia. Cette fois, Tigellin se montra très préoccupé. Quand Lucius eut terminé, il hocha la tête pensivement.

– On ne peut pas écarter cette hypothèse. Je vais lancer des recherches pour savoir si une telle organisation existe. Mais, à mon avis, ce n'est pas la bonne piste. Ce qu'on te reproche, ce n'est pas de voir les chrétiens, c'est de voir trop souvent l'empereur.

– À qui penses-tu ?

– À Pétrone ou à l'un des siens. Et je n'aime pas cela, car, à travers toi, c'est moi qui suis visé.

Lucius repensa à Trimalcion, qui lui avait semblé si inquiétant derrière ses amabilités. Tigellin avait peut-être raison.

– Qu'est-ce que tu me conseilles de faire ?

– Rien, sinon d'être plus prudent encore et pas seulement dans les rues de Rome. Le palais est peut-être plus dangereux pour toi.

Peu après, Lucius Gemellus prit cependant le chemin de la demeure impériale. Conformément à ce que venait de lui dire le préfet du prétoire, il avait l'intention de se rendre dans le bâtiment de l'Administration pour s'y enfermer toute la journée, mais le responsable de la garde qui veillait à l'entrée ne lui en laissa pas le loisir.

– Gemellus, l'empereur désire te voir immédiatement dans ses appartements.

– Il a retrouvé la voix ?

– Je ne sais pas. Faut-il t'accompagner ou veux-tu t'y rendre seul ?

Après ce qui venait de se passer, Lucius ne pouvait hésiter.

– Je préfère qu'un de tes soldats vienne avec moi...

Le scénario bien connu se répéta. Lucius arriva dans la salle décorée des deux fresques d'Apollon où une petite foule attendait d'avoir audience. Dès qu'on l'aperçut, ce fut la ruée. Il repoussa énergiquement les uns et les autres et se retrouva dans l'enfilade de pièces encombrées d'œuvres d'art. La somptueuse porte s'ouvrit et il pénétra dans le bureau de l'empereur. Ce dernier, en le découvrant, lui adressa la parole avec colère, mais, étant donné l'état de sa voix, il ne cria pas, au contraire, il chuchota presque :

– Te voilà, Gemellus ! Je te cherche depuis ce matin. Où étais-tu ?

– Avec le préfet du prétoire, César. Étant donné que tu ne peux plus chanter, j'ai pensé que je pouvais être plus utile auprès de lui.

– Tu pensais mal. Jusqu'au concours, tu es mes oreilles, pas les siennes. Et après aussi, si je le décide !

Néron était très agité. Toutefois, Lucius n'était pas vraiment inquiet. Il paraissait plus contrarié que véritablement en colère contre lui.

– Tu peux de nouveau chanter ? Je ne l'aurais jamais cru. C'est une véritable bénédiction des dieux !

– Évidemment non ! Tu n'entends pas comment je parle ? Mais il n'y a pas que le chant pour lequel j'ai besoin de toi. Je veux que tu entendes aussi ma poésie.

– Rien ne pourrait m'être plus agréable !

– Je viens de composer un chant en l'honneur de la chevelure blonde de Poppée. Je pense que tu seras heureux de l'entendre. Cela te rappellera ta propre épouse.

– Crois bien que j'en suis touché...

Néron se mit donc à réciter avec le filet de voix qui lui restait... Lucius apprécia la qualité des vers, même s'ils lui semblèrent un peu maniérés. Il assura pourtant l'empereur qu'il n'avait jamais rien entendu de plus beau. Ce dernier en parut ravi.

– Ce que tu me dis est important car, en plus des morceaux officiels, j'ai l'intention d'en interpréter plusieurs de ma composition. Penses-tu que cela plaira au public ?

– Il en sera enchanté.

– Tu es certain ?

L'empereur adressa un regard craintif à Lucius. Il n'avait jamais paru aussi peu sûr de lui.

– Je vais te faire une confidence, Gemellus. C'est le public qui me fait le plus peur, plus encore que les juges. J'ai peur qu'il soit tiède, réservé...

Lucius avait encore dans les oreilles le déchaînement des applaudisseurs à mains creuses, à mains plates et avec les pieds. Il se retint de sourire.

– Il sera enthousiaste, César, je te le promets !

Les jours qui suivirent, Lucius fut convié à des récitations poétiques du même genre. Il n'était pas tout le temps auprès de l'empereur, mais celui-ci exigeait qu'il soit à sa disposition de jour comme de nuit et il n'était pas question pour lui de quitter le palais. À son grand déplaisir, il était plus que jamais exposé aux regards de la cour et faisait désormais preuve de la plus grande prudence. Il regardait sans cesse autour de lui lorsqu'il se déplaçait et refusait toutes les invitations, de peur d'être empoisonné.

La voix de Néron ne tarda pas à se rétablir et les répétitions reprirent. Lucius s'acquittait de son mieux des étonnantes fonctions que le sort lui avait attribuées. Il avait fini par se prendre au jeu, essayant, par ses conseils, de faire progresser l'impérial élève et il lui semblait que c'était le cas, même si, un jour où il était en veine de confidences, Terpnus lui avait soufflé que l'empereur était « moyennement doué ».

Enfin, la veille du concours arriva. Terpnus exigea que Néron cesse totalement de chanter pendant les vingt-quatre heures précédant la compétition, et l'empereur, de son côté, voulut rester seul pour se recueillir et prier les dieux. Lucius Gemellus était donc enfin libre et il s'empressa de retrouver Delia. Il tremblait qu'elle n'ait été déjà baptisée et qu'il n'ait pu honorer sa promesse. Qu'allait-il pouvoir lui dire dans ce cas ?

Il la trouva à l'endroit où il l'avait vue vendre ses galettes, près du temple de Vénus Cloacine, la seule différence était que le jour avait remplacé la nuit. Elle l'aperçut et courut à sa rencontre.

– Je suis si heureuse de te voir ! Tu es enfin rentré d'Ombrie ?

Lucius ne comprenait pas un mot à ce discours, mais il avait toujours eu l'esprit vif. Il répondit sans se démonter :

– J'en reviens. Qui t'a dit que j'étais là-bas ?

– Tes parents.

– Tu es allé les voir ?

– Oui, je voulais t'annoncer la date de mon baptême... C'est vrai que vous êtes connus dans tout le quartier du Circus Maximus. Ils m'ont dit que tu étais allé t'approvisionner chez les paysans d'Ombrie, qui vous fournissent en huile.

Lucius reconnut bien la présence d'esprit de ses parents. Ils avaient pour consigne de garder secrètes ses activités auprès de Tigellin et d'inventer quelque chose si un étranger se présentait. Mais les propos de Delia venaient de provoquer en lui une vive inquiétude.

– Tu as déjà été baptisée ?

– Non. C'est dans cinq jours, le premier dimanche de juillet.

– Qu'est-ce que c'est que « dimanche » ?

– Un jour de la semaine, le jour sacré des chrétiens, comme le samedi pour les juifs.

Lucius calcula rapidement... Le concours allait durer trois jours. Le lendemain aurait lieu la grande fête que Tigellin préparait en cachette de l'empereur pour célébrer sa victoire. Le cinquième jour, il serait parfaitement libre de se rendre au baptême, car il était douteux que Néron le veuille auprès de lui à ce moment-là.

– Je viendrai ! Est-ce que ce sera chez Paul ?

– Oui, mais ce n'est pas lui qui me baptisera, ce sera Pierre !

– Qui est-ce ?

– Le premier compagnon du Christ.

Lucius lui dit toute la joie qu'il éprouvait. Puis il changea de sujet :

– Et ces agressions, elles ont continué ?

– Non. Il n'y en a pas eu depuis que tu m'as quittée.

Une barre soucieuse apparut sur le front de Delia.

– Mais cela ne me rassure pas. Je suis sûre qu'il prépare quelque chose de plus grave encore. Je ne sais pas pourquoi, je me dis qu'il va tout faire pour empêcher mon baptême.

– Comment en serait-il informé de ton baptême ?

– Je ne sais pas, mais j'ai peur !

Delia se reprit. Elle n'était pas du genre à se laisser à aller. Elle se remit à sourire.

– Pendant que nous parlons, les galettes ne se vendent pas ! Je dois y aller...

Lucius lui sourit à son tour.

– Je vais te faire rattraper le temps perdu. Tu veux bien que je t'aide ?

Delia avait deux paniers, un à chaque bras. Il lui en prit un, s'installa un peu plus loin et, comme d'habitude, sa bonne humeur, sa faconde et son charme firent merveille. Il écoulait même la marchandise plus vite que la jeune femme. De temps en temps, ils échangeaient un regard de complicité. Lucius se sentait heureux pour la première fois depuis des mois. Le petit convive qui s'était invité à leur repas dans la chambre funéraire était toujours au milieu d'eux et il n'était pas près de les quitter.

Le grand jour était enfin arrivé. Il coïncidait avec une brusque élévation de la température. Il faisait même une chaleur caniculaire. Cela n'empêchait pas le public de se presser dans les jardins de la colline vaticane, d'habitude à l'écart de tout et si calmes. Il était évident que les quarante mille places du théâtre ne suffiraient pas pour accueillir tout le monde et la bousculade était telle qu'on craignit un moment qu'il n'y ait des victimes. Enfin, les plus chanceux prirent place sur les gradins et attendirent avec impatience le moment où l'empereur allait chanter.

Le chant n'était pourtant par pour tout de suite. Le concours commençait par la présentation des candidats et le tirage au sort de leur ordre de participation. Ils étaient quarante en tout, qui allaient se disputer le prix... Lucius n'était pas dans le public. Néron avait voulu qu'il reste avec lui dans les coulisses pendant toute la durée de la compétition. Il se tenait donc auprès de Terpnus, qui était là lui aussi... Les uns après les autres, les concurrents furent appelés sur scène et Lucius pouvait voir l'empereur pâlir à mesure que son tour approchait. Enfin, le président du jury l'appela, par le nom sous lequel il s'était inscrit :

– Lucius Domitius Ahenobarbus !

La claque, qui savait que Néron se présenterait ainsi, fut la première à réagir. Ce fut l'occasion de découvrir de quelle manière Tigellin l'avait placée. Les applaudisseurs à mains creuses et avec les pieds étaient dans les premiers rangs à droite et à gauche, tandis que les applaudisseurs à mains plates se situaient au milieu, sur les gradins du haut... Surpris par ce vacarme, le public marqua un temps d'hésitation, mais il reconnut la silhouette massive aux cheveux roux et ce fut une acclamation gigantesque, qui couvrit facilement le bruit de la claque. Cela dura un temps infini. Dès que les bravos des spectateurs avaient tendance à faiblir, la claque repartait de plus belle, relançant le mouvement. À partir des coulisses, Lucius pouvait voir l'empereur contempler l'assistance en rougissant. Il avait l'air aussi surpris que ravi. C'était incroyable, mais c'était ainsi, il ne s'y attendait pas ! Il croyait réellement être un candidat comme les autres, qui avait le public à conquérir... Enfin, sur l'intervention du président du jury, les acclamations cessèrent non sans mal et on procéda au tirage au sort.

Les noms des participants avaient été déposés dans une urne et ils étaient tirés les uns après les autres, chacun devant concourir dans cet ordre, le plus avantageux étant d'être parmi les derniers. Bien entendu, le nom de Lucius Domitius Ahenobarbus sortit en ultime position, salué par les ovations des gradins.

L'empereur ne tarda pas à revenir dans les coulisses, en même temps que les autres. Le concours proprement dit allait commencer. Et, tandis que le premier concurrent montait sur scène sous les sifflets et les quolibets de la claque, il alla trouver Lucius, tout tremblant d'émotion.

– Tu avais raison, le peuple est vraiment impatient de m'entendre. Je ne pensais pas que c'était à ce point !

– Je te l'avais dit. Tu vois que tu n'as pas de souci à te faire.

L'empereur baissa la voix et lui désigna d'un geste de la tête un concurrent qui se tenait un peu plus loin. Il avait un type grec prononcé et n'était pas sans ressembler à Terpnus.

– Si. Il y a Hylas. Il a gagné les trois fois précédentes.

– Il ne gagnera pas ce coup-ci...

Le concours se poursuivit toute la journée dans l'indifférence générale, seule la claque se manifestant pour huer copieusement les prestations des concurrents. Le soir, l'empereur resta coucher dans sa propriété du Vatican et Lucius fut, lui aussi, logé sur place.

Le lendemain, il y avait beaucoup moins de monde dans le théâtre. Le passage de Néron n'étant prévu que vers le milieu de la troisième journée, il n'y aurait à entendre que des candidats ordinaires. Si la claque était fidèle au poste, aux places que lui avait assignées Tigellin, le reste des gradins était clairsemé. Néanmoins, ainsi que le règlement lui en faisait obligation, Néron était dans les coulisses et Lucius se tenait à ses côtés.

Le concours reprit. Bien qu'on ne soit encore que le matin, la chaleur n'avait pas faibli, elle était déjà accablante. Lucius se préparait à passer des moments fastidieux jusqu'au soir, mais l'attitude de l'empereur était si étonnante à observer qu'elle l'empêcha de s'ennuyer. Il avait totalement oublié son rang. Dévoré d'appréhension, il épiait ses adversaires, comme s'ils s'étaient trouvés dans une situation d'égalité avec lui. Il leur envoyait des malédictions, quand ils partaient concourir et il les accablait de sarcasmes, quand ils revenaient de leur récital sous les huées de la claque. À ce moment-là, il lançait invariablement, tout joyeux, à Lucius :

– Encore un qui n'aura pas le prix !

Vers midi, ce fut, pour lui, le moment le plus redouté :

Hylas, le grand Hylas, allait concourir ! Lorsqu'il s'avança vers la scène, sa lyre à la main, Néron se précipita et, dans son dos, joignit ses deux index pour former une croix. C'était le geste de malédiction le plus terrible que puisse faire un Romain, celui par lequel il appelait sur son ennemi la mort immédiate. Néron, d'ailleurs, tint à s'en justifier auprès de Lucius :

– Je ne souhaite pas sa mort, mais seulement qu'il se produise quelque chose qui le fasse perdre...

Certainement prévenue par Tigellin, la claque accueillit l'arrivant par un chahut indescriptible. Le vacarme ne cessa pas lorsque Hylas se mit à chanter ou, du moins, essaya. Ce fut à un tel point que le président du jury monta sur scène pour réclamer le silence. Celui-ci s'établit avec difficulté et, après un dernier accord de lyre, Hylas se fit entendre.

Dans les coulisses, Lucius en resta stupéfait. Si une voix méritait le qualificatif de divine, c'était bien celle-là ! Elle était à la fois ample et pure, veloutée dans les graves et cristalline dans les aigus, on ne pouvait pas l'entendre sans être sous le charme, elle vous transportait dans des régions célestes. Par comparaison, comme celle de Néron paraissait discordante et rauque ! Elle avait pour elle la puissance, mais l'harmonie appartenait à Hylas et à lui seul.

Lucius se retourna vers l'empereur. Ce dernier, de toute évidence, pensait la même chose que lui. Il était blême et se décomposait à vue d'œil. Mais soudain il le vit faire un saut de joie et continuer par de folles cabrioles. Lucius regarda de nouveau la scène et comprit. Hylas s'essuyait le front d'un revers de la main : il était disqualifié !

Le moment tant attendu eut lieu le lendemain, aux environs de midi. La bousculade aux abords du théâtre avait été plus grande encore que le premier jour, car, cette fois, on allait entendre l'empereur chanter. Des coulisses, Lucius ne cessait d'observer le public arriver. Les premiers rangs étaient occupés par les vestales et le sénat au grand complet. Il ne manquait rien de tout ce que Rome comptait de personnalités. Lucius remarqua aussi que des soldats venaient prendre place dans les travées, interdisant à quiconque de sortir car, s'en aller pendant le tour de chant de l'empereur équivalait à un crime de lèse-majesté.

À l'appel de son nom, Néron arriva sur cette scène, salué à la fois par la claque et le public qui se manifestèrent en parfait unisson. L'ovation dura de manière interminable. Pendant tout ce temps, comme le voulait le règlement, il restait tourné vers l'assistance, un genou à terre. Enfin, le silence revint et, toujours selon le règlement, il se releva et alla s'incliner devant le jury. Il lui adressa la parole sur le ton du plus profond respect, presque avec humilité :

– Nobles juges, j'ai fait de mon mieux pour perfectionner ma voix, mais des erreurs ne manqueront pas de se produire. Aussi, par avance, j'implore votre indulgence.

La plupart des intéressés l'encouragèrent de la voix et du geste, mais certains, pris de court par cette attitude totalement inattendue de la part d'un empereur, ne surent que faire ni que dire, ce qui eut l'air de le glacer. Enfin, il entama son répertoire, d'une voix hésitante au début, mais qui s'affermit peu à peu.

Les morceaux se succédèrent, salués à la fois par la claque et par le public, avec un sincère enthousiasme, semblait-il, de la part de ce dernier. Lucius entendit donc défiler tous ces airs qu'il connaissait par cœur pour avoir assisté à leur répétition jour après jour : « La fureur d'Hercule », « Canacé accouchant », etc. Néron les enchaînait sans défaillance, sans marquer un seul instant d'hésitation, et Lucius ne pouvait s'empêcher d'admirer sa phénoménale mémoire ainsi que sa résistance physique. Le temps passait et non seulement sa voix ne faiblissait pas, mais il restait inébranlable sous le soleil écrasant. Il était inondé de sueur mais, pas une fois, il n'avait esquissé le geste de s'essuyer le front.

On en était au milieu de l'après-midi, et l'assistance, moins vaillante que l'empereur, commençait à manifester des signes de lassitude, notamment dans ses applaudissements. Mais le récital était loin d'être terminé. Néron mit de nouveau un genou à terre en direction des gradins et annonça :

– Maintenant, avec votre permission, je vais interpréter des pièces de ma composition, spécialement écrites pour la circonstance.

Tout recommença pendant des heures. Le public,

c'était visible, appréciait de moins en moins. D'autant que les soldats interdisaient toujours de sortir et qu'il était impossible de satisfaire les besoins les plus naturels. En désespoir de cause, plusieurs feignirent de s'évanouir pour qu'on les évacue. Une femme poussa même des cris, disant qu'elle était sur le point d'accoucher. Cela créa tout un remue-ménage dans les gradins, dont l'empereur, concentré sur l'interprétation de son morceau, ne s'aperçut pas un instant.

Lucius, lui aussi, trouvait le temps long, même s'il n'était pas en butte aux mêmes désagréments, car les coulisses étaient pourvues de commodités. Pour se distraire, il se mit à examiner les premiers rangs du public occupés par les personnalités. Il remarqua que les sénateurs, s'ils applaudissaient servilement, échangeaient des regards qui en disaient long sur leur état d'esprit. Leur réprobation devant le spectacle qu'offrait l'empereur était unanime et sans nuance. Il repensa à la mise en garde de Sénèque. Elle était peut-être un peu pompeuse, elle sentait sans doute la formule, mais elle était juste : Néron avait beaucoup à craindre du jugement de ces gens-là...

Ce fut à huit heures du soir que le récital se termina enfin. Le jury rendit immédiatement son verdict, par la bouche de son président :

– Nous déclarons vainqueur du concours à l'unanimité Lucius Domitius Ahenobarbus.

Tandis que le public, enfin libéré, se précipitait vers les sorties, on vit Néron bondir sur scène et se livrer à des manifestations de joie extraordinaires, pleurant presque et riant comme un enfant. Il revint en courant dans les coulisses et, l'instant d'après, embrassa Lucius sur les deux joues. Le jeune homme en resta interdit.

7

La surprise de Tigellin

Tigellin avait bien fait les choses. Depuis des jours et des jours, quasiment depuis que Néron avait décidé de chanter, il préparait la fête qui devait célébrer sa victoire. Pour cela, des décors, des accessoires de toute nature et de la nourriture n'avaient cessé d'affluer au palais. Il n'y avait guère que l'empereur qui ne se fût rendu compte de rien, accaparé qu'il était par les répétitions et rongé d'angoisse quant à l'issue du concours.

La fête devait se dérouler de nuit. Au soir de la longue journée des calendes de juillet[1], plusieurs chars ornés d'étoffes de pourpre et tirés par des mules aux sabots ferrés d'argent vinrent chercher les invités au palais et prirent la direction du centre de Rome. C'était là, en effet, sur le lac Agrippa, une pièce d'eau artificielle récemment creusée, qu'auraient lieu les festivités.

Le préfet du prétoire attendait ses hôtes sur un embarcadère recouvert de peaux de panthère. Le peuple était

---

1. Le 1er juillet.

contenu un peu plus loin par des barrières. Il savait qu'il aurait, lui aussi, sa part des réjouissances et une foule considérable s'était déplacée. Néron descendit le premier de son char, donnant le bras à Poppée. Il était couronné de lauriers pour rappeler sa victoire. Il avait également emporté sa lyre qu'il tenait serrée sur son cœur.

Contre l'embarcadère était accosté un gigantesque radeau tapissé de pourpre et vivement éclairé de nombreuses torches reposant sur des candélabres d'or. À la suite du couple impérial, tout le monde y monta. Sur ce radeau étaient dressées une cinquantaine de tables de neuf places chacune. Une nuée d'esclaves portant la livrée blanche et or de l'empereur accompagna chacun à la place qui lui était réservée.

Lucius avait l'insigne honneur de faire partie du petit nombre des privilégiés. Lui seul en était surpris. Tous ceux qui l'entouraient, y compris les respectables sénateurs, avaient l'air de trouver la chose parfaitement naturelle ; beaucoup lui prodiguaient même toutes sortes de marques de respect. Il s'installa là où on le conduisit et constata avec déplaisir que Trimalcion partageait sa table. Du coup, ce qui lui apparaissait comme une distraction inattendue et, somme toute, méritée après le mal qu'il s'était donné au service de Néron, prit une tout autre allure. Si Tigellin avait raison, il était environné de ses pires ennemis et il ne s'était jamais trouvé dans un tel danger. Il décida de garder toute son attention mobilisée et de ne toucher aux plats qu'avec la plus extrême prudence.

Un cri de satisfaction unanime partit des tables : le radeau venait de se mettre en marche. Des barques, recouvertes d'ivoire et d'or et chargées de rameurs, le tiraient vers le centre du lac. Si l'événement causait un tel plaisir, c'était qu'il produisait enfin un peu d'air. La chaleur qui avait commencé le jour du concours n'avait pas cessé, bien au contraire. L'atmosphère, même la nuit, était une véritable fournaise.

Tandis que les uns et les autres sentaient un souffle bienvenu glisser sur leur visage, de nouvelles barques vinrent accoster au radeau. Elles étaient chargées de la nourriture du festin, que les esclaves déposaient sur des plats d'or au centre de la table en annonçant le nom de chaque spécialité : cervelles de paons farcies aux œufs de colibri, tétine de truie au miel d'Arabie, vulve de biche au nard indien, talons de chameaux mort-nés, etc. Des échansons, tous des jeunes garçons et des jeunes filles, remplissaient les coupes de vin, après avoir servi à chaque invité, pour se rafraîchir, un bol de neige venue des Alpes. Tous se précipitèrent sur celle-ci avec avidité, mais Lucius préféra s'abstenir, par prudence. La chose n'échappa pas à Trimalcion, qui s'esclaffa :

– Tu as peur d'être empoisonné, Gemellus ? Pourtant, tu n'es pas chez moi, ici !

Un accord de lyre épargna à Lucius de répondre. À l'une des tables voisines, Néron s'était levé, son instrument à la main, et s'apprêtait à chanter. Tout le monde fit silence et on n'entendait plus que le bruit régulier des rames sur les eaux noires du lac, lorsque s'éleva la voix impériale. Il s'agissait du poème sur la chevelure dorée de Poppée, que Lucius avait déjà entendu. Lorsque Néron eut terminé, des applaudissements nourris éclatèrent sur le radeau. Mais, quand ils cessèrent, on put entendre des acclamations en provenance des rives. La voix de l'empereur était si puissante que le peuple l'avait entendue et il manifestait bruyamment son contentement.

Le peuple de Rome était d'autant plus heureux que les barrières venaient de s'ouvrir, lui donnant accès à l'espace qui lui était réservé. En même temps, les nombreuses torches qui éclairaient les lieux s'allumèrent toutes en même temps, découvrant le plus agréable des spectacles. Des sortes de guinguettes avaient été construites au bord de l'eau, couvertes d'auvents décorés avec les fleurs les plus variées. La chère était peut-être moins raffinée que celle qu'on servait sur le radeau, mais elle était tout aussi appétissante. Des agneaux entiers avaient été mis à rôtir et étaient servis sur d'immenses tables. Des amphores de vin étaient disposées tout autour et chacun pouvait boire à volonté. Ce fut donc le plus joyeux des festins qui commença...

Du radeau, on avait vu les lumières s'allumer tout autour du lac et l'effet produit était si réussi que les convives applaudirent encore une fois. Après quoi, chacun se remit à manger et à discuter. Trimalcion avait décidé d'accaparer la conversation. Il faisait partie de ces personnes qui ne peuvent s'empêcher de tenir la vedette où qu'elles se trouvent. Lucius détestait ce genre de comportement et lui, qui était d'habitude d'un abord si chaleureux et si communicatif, se fermait lorsqu'il était en présence de l'une d'elles... Le compagnon de Pétrone était en train de déguster sa vulve de biche au nard indien, lorsqu'il poussa un cri :

– J'ai un problème, mes amis, j'ai un problème !

De tous les côtés lui parvinrent des interrogations excitées.

– Quel est ton problème, Trimalcion ?

– Mon problème, c'est que j'aime cette vulve de biche et que je me demande si je ne l'aime pas plus que celle de ma maîtresse. Car, celle-là, je ne la mange pas.

– Et alors ?

– Alors, peut-on vraiment aimer sans dévorer l'objet de son amour ? Voilà toute la question !

Un jeune homme couvert de bagues intervint au bout de la table :

– Pourquoi ne parles-tu pas aussi de l'anus de ton amant ?

– Tu as raison, Eumolpe, je pourrais en dire autant de l'anus de mon amant.

Trimalcion eut un petit rire.

– C'est-à-dire le tien !... Alors, mes amis, quelles sont vos réponses à ces importantes et graves interrogations ? Et d'abord, qu'en pensent les oreilles de l'empereur ?

Pour toute réponse, Lucius se contenta de hausser les épaules. Trimalcion rit de plus belle.

– Bien sûr, c'est normal. Les oreilles écoutent, elles ne parlent pas...

Trimalcion était déjà ivre. Il avait dû commencer les

libations bien avant le banquet. Mais il n'en était pas de même des autres convives, qui avaient encore tout leur bon sens et qui parurent choqués et même effrayés par les paroles du compagnon de Pétrone. Lucius fit, à cette occasion, une autre découverte sur la manière dont on le jugeait à la cour : on le craignait ! Tous ces gens-là s'imaginaient qu'il pouvait se plaindre d'eux à l'empereur, avec les conséquences qui en résulteraient. Chacun eut à cœur de lui adresser des paroles apaisantes :

– Ne fais pas attention, Gemellus. Il dit n'importe quoi quand il a bu...

– Trimalcion est Trimalcion. On ne le changera pas !

Lucius, qui n'avait aucune intention de leur être agréable, se contenta de garder un air impénétrable, qui augmenta encore leurs appréhensions et, pendant un bon moment, tout le monde manga en silence. Tandis que les autres tables se répandaient en chants et en éclats de rire, la leur restait obstinément muette.

Lucius, de son côté, était envahi par la nostalgie. Non que l'ivresse se fût emparée de lui, il n'avait pratiquement rien bu, à la différence des autres convives qui, peut-être pour se remettre de leurs frayeurs, n'arrêtaient pas de se faire resservir. Non, il se sentait du vague à l'âme. Plus la soirée avançait et plus il pensait à Delia. Delia, avec qui il avait rendez-vous dans quelques heures, à l'autre bout de Rome. Mais à la vérité, ce n'était pas à l'autre bout de Rome, c'était dans un autre univers... Trimalcion finit par reprendre la parole :

– Quel est, parmi vous, le plus chaud partisan de notre empereur ?

Quelques réponses gênées et confuses lui firent écho. Tout le monde se méfiait des initiatives malheureuses du personnage. Nullement décontenancé, il poursuivit de plus belle :

– Eh bien, moi, je vais vous dire qui aime le plus notre empereur : c'est celui qui sait le mieux gaspiller !

Malgré la crainte qu'il commette une nouvelle bourde, chacun devint attentif, intéressé, malgré tout, par ce nouveau paradoxe.

– Quel est le problème de Rome ? C'est d'être trop riche. Nous sommes les maîtres du monde et, de partout, les richesses affluent chez nous. Gaspiller, c'est affirmer que la puissance de Rome n'a jamais été plus grande. Jeter, c'est crier « Vive Néron ! »

Joignant le geste à la parole, il se défit de la boucle d'oreille unique qu'il portait, un joyau en or et rubis, et la lança dans les eaux noires en criant :

– Longue vie à Néron ! Longue vie à Lucius Domitius Ahenobarbus !

Une dame de la tablée s'empara de son collier et fit de même. À sa suite, tous les autres l'imitèrent. Chacun précipita dans le lac Agrippa des bijoux de famille, des parures inestimables, en poussant de grands cris en l'honneur de l'empereur. Les autres tables ne voulurent pas être en reste et, rapidement, une fortune se trouva engloutie. Puis les convives, tant sous l'effet de l'ivresse que pour se rafraîchir, finirent par se jeter à l'eau eux-mêmes. Bientôt, presque la moitié des invités avaient disparu du radeau. Certains, qui ne savaient pas nager, appelaient à l'aide et les esclaves abandonnaient précipitamment leur service pour les secourir.

Lucius décida de quitter les lieux : il n'avait plus rien à faire ici et personne ne s'apercevrait de son absence. Les barques à bord desquelles les domestiques apportaient les plats faisaient sans cesse la navette avec les rives. Il sauta dans l'une d'elles et, peu après, il était à terre.

La courte nuit de juillet était déjà bien avancée, mais le jour n'était pas encore levé. Le moment d'aller retrouver Delia près de la via Nomentana n'était pas venu et il décida que le mieux, pour passer le temps, était de se mêler à la fête populaire. Après tout, il avait été invité sur le radeau de l'empereur, mais il faisait partie du peuple et il avait le droit aussi de partager le banquet qui lui était offert. Il avisa une place libre à une table. Un esclave lui apporta un morceau d'agneau rôti, un autre une coupe de vin et il se mit à manger de bon appétit.

Comme il se retrouvait au milieu du peuple de Rome, ses réflexes professionnels lui revinrent. Il serait intéressant de savoir ce que les gens pensaient du tour de chant de Néron, Tigellin le lui demanderait sûrement, à moins que ce ne soit l'empereur lui-même. Il n'eut même pas à lancer la conversation. Tout le monde ne parlait que de cela. Il n'eut qu'à écouter.

– On a passé un sacré moment, hier !

– Un sacré long moment, tu veux dire ! Je n'arrivais plus à me retenir !

– Tout de même, pour un empereur, il ne chante pas si mal.

– Pour un empereur, oui, mais j'ai un esclave qui a une plus jolie voix...

– N'empêche que ce n'est pas Claude qui nous aurait donné une distraction pareille.

L'évocation de l'empereur défunt provoqua, comme chaque fois qu'il était question de lui, l'hilarité générale. Lucius écouta encore quelque temps les uns et les autres, mais les avis étaient à peu près unanimes. La popularité de Néron n'avait pas été entamée par le concours de chant. Bien au contraire, elle en ressortait grandie. Les Romains se sentaient honorés que l'empereur ait chanté pour eux. Mais pour ce qui était de ses qualités vocales, c'était autre chose. En fait, le jugement général rejoignait celui de Terpnus : l'empereur était moyennement doué, ce qui tendait à prouver que le peuple n'était pas si mauvais connaisseur...

Lucius avait terminé sa coupe de vin. Un esclave la lui remplit avant qu'il ait le temps de réclamer quoi que ce soit. Il se préparait à boire de nouveau, sans crainte particulière : il n'était pas à la cour, il n'avait plus de précautions à prendre. Mais une pensée le traversa : qui lui avait dit que ses ennemis étaient à la cour, à part Tigellin ? En fait, les agressions dont il avait été l'objet s'étaient passées dans les rues de Rome, pas au palais.

On buvait beaucoup autour de lui et les premiers éclats de voix avinées se faisaient entendre. Bientôt, ce seraient des altercations, voire des rixes. Quel moment serait plus indiqué pour une agression ? Dans la confusion qui régnerait alors, des hommes qui se jetteraient sur lui ne provoqueraient aucune surprise. On penserait à une querelle d'ivrognes et il se retrouverait percé de coups sans que personne s'en émeuve... Lucius repoussa sa coupe de vin et se leva brusquement. Il ne devait pas rester ici !

Il était décidé à gagner le logis de Paul et à attendre le lever du jour dans ce quartier tranquille où il pourrait facilement surveiller d'éventuelles allées et venues, lorsqu'il s'intéressa de nouveau aux conversations autour des tables. Le sujet avait changé : on ne parlait plus du tour de chant de Néron, mais de la surprise de Tigellin, qui n'allait pas tarder. Lucius, qui était resté tout le temps avec l'empereur, n'avait pas été associé aux préparatifs de la fête et il n'avait pas la moindre idée de ce dont il s'agissait. Il préféra donc rester encore un peu pour satisfaire sa curiosité.

Se promenant sur les berges, non sans omettre de regarder à droite et à gauche et de se retourner de temps en temps, il remarqua qu'étaient disposés de place en place de petits kiosques fort curieux. Ils étaient de forme ronde, un peu plus hauts que la taille humaine et en métal doré, avec des plaques pleines qui empêchaient de voir l'intérieur. Devant, se tenait un esclave porteur d'une clé. Il s'approcha de l'un d'eux.

– Alors, cette surprise, c'est pour bientôt ?

– Cela ne va pas tarder.
– Tu ne veux pas me dire ce que c'est ?
– Non, l'ami, sinon, ce ne serait plus une surprise...
Ce fut à ce moment-là qu'un cri s'échappa du kiosque :
– Lucius !...
Il n'y avait pas de doute : c'était la voix de Delia. Il se jeta sur l'esclave. L'homme voulut résister, mais il n'était pas de taille contre la rage et l'anxiété du jeune homme. Lucius le bouscula, s'empara de sa clé et, l'instant d'après, ouvrait la porte... Il recula sous l'effet de la surprise et de l'émotion. Delia était là, devant lui, entièrement nue, les cheveux défaits et l'air hagard.
– Que t'est-il arrivé ?
– Va chercher quelque chose pour me couvrir, je t'en prie !
Il y avait des voiles de couleur accrochés de place en place aux auvents, pour donner plus de gaieté à l'ensemble. Il s'empara du premier qui lui tomba sous la main, d'un bleu lumineux, et le tendit à la jeune femme, qui s'en revêtit vivement. Il répéta sa question :
– Que t'est-il arrivé ?
Delia n'eut pas le temps de répondre car, au même instant, ce fut une véritable émeute. Est-ce parce qu'on avait vu Lucius ouvrir le kiosque ou bien le moment était-il arrivé ? Toujours est-il que les autres esclaves porteurs de clés ouvrirent tous les kiosques en même temps, provoquant des cris de stupeur dans la population.
Telle était, en effet, la surprise de Tigellin : dans leurs

cages dorées, maintenant ouvertes, apparaissaient, nues et apprêtées pour l'amour, les plus jolies femmes de Rome. Les esclaves expliquèrent que chacun avait la liberté de prendre celle qui lui plaisait, les intéressées ayant été payées d'avance par le préfet du prétoire. Ces dernières n'étaient pas toutes des esclaves ou des prostituées. Il y avait parmi elles nombre de femmes libres et d'honnêtes mères de famille qui avaient choisi ce moyen pour gagner quelque argent et il était expressément demandé à leurs partenaires de les traiter avec respect.

Une foule d'hommes excités par les libations se bouscula, chacun voulant entrer dans le kiosque avant l'autre. Cette fois, il y eut des bagarres sérieuses, des blessés et même des morts... Entraînant Delia, Lucius s'enfuit aussi vite qu'il put sans que, heureusement, personne s'intéresse à eux.

Lorsqu'ils furent à l'écart de la foule, elle se laissa tomber sur les marches d'un temple fermé à cette heure et éclata en sanglots. Lucius s'assit à côté d'elle et la prit dans ses bras. Il se rendit compte qu'elle portait une plaie au sommet du crâne. Cela ne semblait pas trop grave, mais elle avait, de toute évidence, été victime d'une agression.

Péniblement, en tremblant et agitée de sanglots convulsifs, la jeune femme raconta alors ce qui lui était arrivé. Elle rentrait chez elle, après avoir vendu ses galettes, lorsqu'elle avait été attaquée par quelqu'un qui l'attendait sur le palier. Elle n'avait pas pu voir de qui il s'agissait. Elle avait été frappée par-derrière et assommée. Elle avait repris conscience dans la guérite. Elle avait voulu sortir, mais elle était fermée à clé. C'était presque tout de suite après qu'elle avait entendu la voix de Lucius... Lorsqu'elle eut terminé, elle eut un frisson qui la secoua tout entière.

– Je te l'avais dit. Il a agi juste avant mon baptême. S'il m'était arrivé... la même chose qu'aux autres femmes, jamais je n'aurais pu me présenter devant Pierre. Je crois que je serais morte de honte.

– Je saurai qui c'est. Je le retrouverai, je te le jure. Et il paiera !

– Comment feras-tu à toi tout seul ?

Lucius ne répondit rien, mais justement, il n'était pas tout seul. Cette fois, il allait mettre au courant Tigellin. Il était certain que le préfet du prétoire n'apprécierait pas cet incident intervenu dans la fête qu'il organisait et qu'il déciderait une enquête. Il se proposerait, d'ailleurs, de la mener lui-même, car il avait son idée sur la question. Il demanda doucement à sa compagne :

– Que veux-tu faire, maintenant ?

– Aller chez moi me changer. Je ne peux pas me présenter au baptême dans cet état.

Lucius l'accompagna jusqu'à son appartement. Les rues restaient animées, malgré la fête. Beaucoup de livreurs étaient obligés de travailler quand même et déchargeaient leur marchandise à la lueur des torches... Il attendit sur le balcon fleuri, tandis que la jeune fille se lavait et s'habillait. Enfin elle apparut dans une robe blanche toute simple qui lui allait à ravir. Elle s'était recoiffée ; sa chevelure, tout à l'heure ébouriffée, était maintenant séparée en deux bandeaux réguliers. Elle y avait mis un peu d'huile, mais pas de parfum.

Tandis qu'ils descendaient l'escalier, lui restant aux aguets dans l'éventualité d'une nouvelle agression, elle lui dit d'une petite voix :

– Comment pourrai-je jamais te remercier ?

Le soleil se levait sur Rome. Les chariots de la nuit étaient en train de plier bagage. Il lui sourit et lui répondit, tandis qu'ils prenaient le chemin de la maison de Paul :

– En ne me quittant pas.

8

La Fontaine de Pierre

Delia et Lucius furent sur place à peu près une heure plus tard. C'était le premier dimanche de juillet, jour du Seigneur, mais ils n'étaient que quelques milliers dans le monde à penser ainsi ; pour le reste des hommes, c'était une journée ordinaire, qui n'avait pas de nom. Le rendez-vous avait été donné dans la maison de Paul. Ils n'arrivèrent pas les premiers : une dizaine de personnes étaient déjà là. Tous les embrassèrent à la manière chrétienne, dont Paul, qui leur souhaita la bienvenue, les appelant l'un et l'autre par leur prénom. Puis il leur présenta Pierre. Les deux hommes étaient aussi différents qu'on peut l'être. Pierre était beaucoup plus grand et doté d'une forte carrure. Il était plus âgé, aussi. Il avait visiblement dépassé les soixante-dix ans. Son visage, parcouru de rides puissantes, était hâlé et tanné par le grand air. Tout comme le rabbin de la synagogue, il portait la barbe, une barbe grise taillée en carré qui lui donnait un air d'autorité et de majesté. Après les avoir embrassés lui aussi, il prit les mains de Delia dans les siennes. Lucius, dont le sens de l'observation était toujours en éveil, remarqua que celles-ci étaient larges et calleuses.

– Je te souhaite la bienvenue, mon enfant. Tu n'as pas changé dans tes intentions ?

– Non. Je veux devenir chrétienne.

– Paul t'a avertie des dangers que tu courais ainsi ? Si tu renonçais, il ne te serait fait aucun reproche.

– Je veux recevoir le baptême.

– Alors, il en sera fait selon ta volonté...

Lucius continuait d'observer Pierre. Lui, c'était évident, n'avait jamais étudié pour devenir docteur de la Loi. Les livres n'étaient pas son univers. Avant d'être un des responsables de la nouvelle religion, il devait exercer quelque métier manuel : ouvrier ou artisan. On sentait chez lui une énergie infatigable. C'était, de toute évidence, un meneur d'hommes, un chef. Lucius ne put s'empêcher de le comparer à Tigellin. D'ailleurs, il manifesta cette autorité en s'adressant aux autres de manière décidée :

– Partons sans attendre ! Profitons de ce qu'il n'y a pas encore beaucoup de monde en ville. Les autres nous rejoindront.

Toutes les personnes présentes quittèrent la maison. Elles étaient une vingtaine et, en chemin, d'autres chrétiens vinrent s'ajouter à leur groupe... Pierre avait dit vrai : en raison des festivités de la veille, les Romains s'étaient accordé quelque repos et les rues, une fois débarrassées des chariots de la nuit, étaient presque désertes. Pierre allait en tête, en compagnie de Delia. Lucius avait préféré ne pas rester avec elle pour ne pas troubler son recueillement. Il marchait derrière, aux côtés de Paul, et il entreprit de le questionner. C'était devenu chez lui une seconde nature, mais il ne s'agissait plus d'une quelconque mission de renseignement. Tout cela ne figurerait dans aucun rapport.

– Où allons-nous ?

– À une fontaine après les remparts. Pierre y a déjà baptisé plusieurs des nôtres. Pour cette raison, nous avons pris l'habitude de l'appeler « la Fontaine de Pierre ».

– Il n'y a que lui qui puisse baptiser ?

– Non, n'importe quel chrétien peut donner le baptême à un autre chrétien. Depuis qu'il est à Rome, c'est Pierre qui s'en charge, mais ce n'est qu'une habitude.

– Vous n'avez donc pas de prêtres ?

– Nous sommes trop peu nombreux. Nous en aurons peut-être plus tard.

Lucius se tut. Il ne voulait pas avoir l'air indiscret. Mais ce fut au tour de Paul de le questionner :

– C'est la troisième fois que je te vois. Puis-je te demander ce qui t'attire chez nous ?

Lucius n'eut pas une seconde d'hésitation :

– L'amour...

La Fontaine de Pierre était vraiment charmante. Elle ne ressemblait pas à ces nombreuses installations publiques, en marbre ou en briques, auxquelles les gens modestes, qui n'avaient pas l'eau courante, venaient s'approvisionner. Même si son eau était, de toute évidence, amenée par des canalisations, elle avait des allures de source : elle tombait en babillant d'un rocher moussu. Pierre l'avait choisie parce que c'était la seule qui ne s'ornait pas d'une statue ou d'une représentation quelconque d'un dieu païen. Il prit Delia par la main et alla s'installer avec elle près du rocher ; les autres les entouraient à quelque distance. L'ancien compagnon de Jésus attendit que les quelques passants se soient éloignés et s'adressa à la jeune femme :

– Delia, crois-tu que le Christ est le Seigneur ?

– Je le crois.

– Crois-tu qu'il est ressuscité d'entre les morts ?

– Je le crois.

Pierre prit alors de l'eau dans le creux de ses mains et la lui versa trois fois sur le front.

– Delia, je te baptise, au nom du Père, du Fils et du Saint-Esprit.

C'était tout : la cérémonie était terminée. L'officiant y ajouta pourtant quelques mots à l'adresse de l'assistance :

– Vous accueillez aujourd'hui votre nouvelle sœur Delia. Elle m'a dit tout à l'heure qu'elle était une ancienne esclave affranchie. Qu'elle sache que cela n'a pas d'importance, car il n'y a parmi nous ni hommes libres, ni affranchis, ni esclaves, ni Romains, ni étrangers. Nous ne faisons qu'un dans le Christ.

Il lui donna alors le baiser de paix sur les deux joues, imité par Paul et tous les autres. Le tour de Lucius arriva. Il était vivement ému en allant vers elle et, lorsque ses lèvres touchèrent sa peau, il la sentit tressaillir. Ce premier contact physique entre eux avait quelque chose de sacré : même s'ils devenaient plus tard un couple et se mariaient, ils ne l'oublieraient ni l'un ni l'autre. La voix de Pierre les rappela à la réalité :

– Les gens nous regardent. Il ne faut pas rester ici. Rentrons chez Paul et ne restons pas ensemble. Allons séparément ou par deux.

Lucius examina lui aussi les alentours. Pierre avait parfaitement raison : ces manifestations de fraternité, tout à fait inhabituelles dans la société romaine, ne pouvaient que paraître suspectes. Des passants s'arrêtaient et les montraient du doigt en échangeant des commentaires. Il devenait imprudent de s'attarder. Ces réflexions le ramenèrent à la notion du danger. Il devait rester sur ses gardes, pour lui-même, mais surtout pour Delia. L'odieux attentat dont elle venait d'être victime n'était peut-être pas le dernier. S'il était vrai que son mystérieux agresseur agissait par haine des chrétiens, il avait plus de raisons que jamais de passer à l'action. Delia, comme à l'aller, cheminait en compagnie de Pierre. Il se plaça une vingtaine de pas derrière elle, les sens aux aguets, prêt à intervenir. Mais il ne se passa rien et ce fut sans encombre qu'ils arrivèrent tous chez Paul.

Ils se retrouvèrent, comme la première fois, autour d'une table et d'une nourriture simple : olives, légumes, fruits, boulettes de viande. Lucius se souvint un instant des vulves de biches au nard indien et des talons de chameaux mort-nés, mais cette vision ne dura pas : Delia venait de s'installer à côté de lui. Il n'eut pas le temps de lui adresser la parole, l'office commençait, célébré cette fois par Pierre. Ce dernier s'empara du pain et prononça les mêmes paroles que Paul :

– Nous te rendons grâce, Notre Père, pour la vie et la connaissance que tu nous as révélées par Jésus, ton serviteur. Gloire à toi dans les siècles !

Il fit circuler le pain, après s'être servi lui-même. Lorsque Lucius le tendit à Delia, leurs doigts se touchèrent et il en fut de même quand la coupe passa de l'un à l'autre. Lucius eut le sentiment que, sans s'être dit un mot, ils venaient d'échanger quelque chose comme une promesse.

La conversation qui s'engagea les tira du trouble où ils se trouvaient. Pierre invita les convives à lui faire part de la manière dont se passait leur vie quotidienne depuis leur entrée en religion. Les témoignages des uns et des autres montrèrent toutes les difficultés, pour ne pas dire tous les dangers qu'ils rencontraient. Comment en aurait-il été autrement, puisque, à Rome, le culte officiel était religion d'État ? Ne pas le pratiquer, c'était se mettre au ban de la société. Seuls les juifs pouvaient se le permettre, puisqu'ils en étaient officiellement dispensés, mais les chrétiens n'avaient pas cette autorisation. Parlant le premier, Honorius, le médecin, exposa la situation difficile qui était la sienne :

– Je perds mes clients les uns après les autres. Dès qu'ils savent que je suis chrétien, ils me suspectent d'être une sorte de sorcier qui se livre à la magie noire et ils me quittent.

Pierre intervint :

– Alors, ne leur dis plus rien.

– Mais il faut que j'annonce la Bonne Nouvelle.

– Il faut aussi que tu continues à gagner ta vie et que tu ne mettes pas les tiens et toi-même en danger. Il s'agit là d'obligations aussi importantes que la propagation de la foi.

Pierre se manifesta, par la suite, de la même manière. À chacun, il donnait un conseil avisé et utile. Lucius constatait combien Paul et lui se complétaient. Le premier était un prédicateur à la fois vibrant et enflammé, le second se souciait des problèmes matériels de chacun et aidait à les résoudre, c'était un guide, un pasteur. Lucius aurait bien voulu en savoir davantage sur lui. Si Paul, le fils du fabricant de tentes, leur avait parlé de lui la première fois qu'ils s'étaient rencontrés, il ignorait tout de Pierre. Or, d'après ce qu'il avait compris, il avait connu mieux que quiconque le Christ, fondateur et Dieu de leur religion. Il aurait aimé lui poser des questions, mais il n'était pas chrétien et se sentait tenu à une certaine réserve. Heureusement, l'un des convives le fit à se place :

– Peux-tu nous dire comment tu as rencontré Notre-Seigneur ?

Pierre hésita à répondre, mais comme d'autres, y compris Delia, se joignirent à cette demande, il lui fut difficile de refuser.

– J'étais pêcheur sur le lac de Galilée, lorsque Jésus est venu dans ma maison. Il a prêché, je l'ai cru et je lui demandé ce que je pouvais faire. Il m'a répondu : « Viens avec moi et je te ferai pêcheur d'hommes. » C'est ainsi que j'ai abandonné mes filets pour le suivre.

Lucius ne s'était pas trompé : Pierre avait bien exercé un métier manuel, avant de devenir chef religieux. Et il avait eu tout aussi raison de le comparer avec Tigellin : tous deux étaient à l'origine des marins...

D'autres commensaux intervinrent et Pierre raconta plusieurs anecdotes tirées de sa vie aux côtés du Christ. Pendant tout ce temps, Paul restait silencieux, l'air plutôt fermé. Lucius pensa qu'il éprouvait quelque jalousie de n'avoir pas connu vraiment le fondateur de leur religion et de ne l'avoir vu que sous la forme d'une apparition. Les hommes, aussi admirables soient-ils, restent quand même des hommes... Pierre s'adressa enfin directement à Delia :

– Et toi, n'as-tu rien de particulier à me demander ?

La jeune femme hésita un instant et se décida :

– Qu'est-ce que Notre-Seigneur t'a dit de plus important ?

– Il m'a annoncé sa venue prochaine.

– Comment cela ? Il va revenir, ici, sur terre ?

– Je te le confirme. Il a dit aux apôtres comme à moi-même : « Parmi ceux qui sont ici, certains ne mourront pas avant de voir le Fils de Dieu revenir comme roi. » Alors, tu dois être prête à l'accueillir, toi comme les autres.

– Mais à quoi le reconnaîtrai-je ?

– J'ai posé la même question à Notre-Seigneur et il

m'a répondu : « Ma venue se fera dans un grand embrasement. »

Ce fut en silence que Lucius et Delia entreprirent de faire en sens inverse le trajet qui les ramenait au centre de la ville. L'animation était revenue, la foule s'était de nouveau emparée des rues, avec sa masse bariolée à dominante claire, car le blanc des tuniques l'emportait largement sur les autres couleurs. En d'autres circonstances, Lucius aurait parlé à Delia des sentiments qu'elle lui inspirait. Car il l'aimait, il ne pouvait plus se le cacher. Son deuil s'en allait, sa souffrance n'était plus qu'un souvenir, celle, notamment, qu'il avait éprouvée lors de la fête de la vache pleine lui semblait remonter à des années. Mais il n'était évidemment pas question de dire quoi que ce soit à Delia. Il imaginait trop bien quel pouvait être son état d'esprit après toutes les émotions qu'elle venait de vivre, non seulement son baptême, mais l'agression qui avait tout juste précédé. Rarement un être aurait été aussi éprouvé et de manière aussi contradictoire en si peu de temps... Comme elle marchait, repliée sur elle-même à ses côtés, il décida de rompre le silence :

– Qu'as-tu ressenti à ton baptême ?

Delia parut émerger d'un rêve.

– Je ne sais pas. C'est trop tôt.

Elle eut un petit sourire, puis ajouta :

– Mais ne t'inquiète pas. Cela ne va pas faire de moi

quelqu'un de grave et d'ennuyeux. Je suis toujours la même !

– Je sais. Il n'y a pas grand-chose qui puisse te faire perdre ta gaieté. Je ne te connais pas depuis longtemps, mais je l'ai remarqué.

Comme pour approuver, la jeune femme accentua son sourire. Puis elle redevint sérieuse.

– Pourquoi ne viens-tu pas nous rejoindre ?

Lucius s'attendait à cette question, d'autant plus qu'il se la posait lui-même.

– Je ne sais pas. J'attends quelque chose...

– Quoi ?

– Peut-être de ressentir ce que tu as ressenti en buvant ta coupe.

Il s'arrêta et la contempla.

– Si je le faisais maintenant, ce serait pour t'être agréable. Je pense que ce n'est pas ce que tu souhaites.

– Non, bien sûr...

Ils reprirent leur marche en silence. Elle était rentrée de nouveau en elle-même et marchait la tête baissée, mais Lucius s'était remis à prêter attention à la foule romaine. Le cours de ses pensées avait changé. Il songeait à ce qu'il allait faire contre le mystérieux agresseur de Delia. Après la fête qu'il avait donnée, le préfet du prétoire se reposait sûrement de ses fatigues et il était inutile de lui demander audience, mais dès le lendemain, il irait le trouver et ferait en sorte de résoudre le problème.

Il laissa Delia devant son immeuble en lui recommandant d'être prudente et en lui promettant de revenir bientôt. Pour se dire au revoir, ils ne surent que faire et se contentèrent d'un signe de la main.

Lucius s'éloigna rapidement et ce fut seulement à ce moment-là qu'il prêta attention à la chaleur accablante. La canicule sévissait plus que jamais.

9

La Petite Chienne

Le lendemain, Lucius Gemellus alla trouver Tigellin dans son bureau. Il ne s'agissait plus des installations provisoires qu'il avait fait aménager dans la résidence du Vatican, mais de son bureau habituel, dans le bâtiment du palais réservé à l'Administration. Il était très tôt, Lucius savait le préfet du prétoire matinal et il l'était tout autant. Cela n'empêchait pas la chaleur d'être déjà étouffante. La canicule s'était encore accrue, s'il était possible. Vu la température qu'il faisait à cette heure dans les jardins du palais, Lucius se demandait avec effarement ce que ce serait en plein midi dans les quartiers surpeuplés de la ville. Il ne se souvenait pas d'avoir eu aussi chaud de sa vie.

Il en eut une confirmation lorsqu'il fut introduit chez Tigellin. Ce dernier se faisait donner de l'air par un esclave, qui agitait un large éventail. C'était la première fois que Lucius voyait son chef, habitué à supporter tous les climats, recourir à ce genre de confort. Tigellin lui désigna l'éventail avec un sourire fataliste.

– Dire que j'ai connu le soleil d'Afrique et qu'il ne m'accablait pas ! Il faut croire que je vieillis...

– Peut-être qu'aujourd'hui il fait plus chaud qu'en Afrique.

– Peut-être... Alors, qu'as-tu pensé de ma fête ?

– Elle était digne de toi. Dommage que les amis de Pétrone y aient été conviés.

– Pourquoi ? Ils ont tenté quelque chose contre toi ?

– Non, rassure-toi. Mais j'ai préféré ne pas m'attarder sur le radeau. J'ai voulu me mêler à la fête populaire. C'était le moment ou jamais d'écouter les Romains.

– Je reconnais là ta conscience professionnelle. Qu'as-tu entendu ?

– Du bien de toi et de Néron. Sa popularité n'a jamais été aussi grande.

– Ils ont apprécié qu'il ait chanté ?

– Qu'il ait chanté, oui. Sa voix, c'est autre chose...

– Je lui tairai le second point. Il n'y a donc que des bonnes nouvelles ?

– Pas exactement. Il s'est produit un incident de nature à te causer du tort. Une femme a été mise de force dans une des guérites. On l'a assommée et enfermée à clé. Cela a créé un petit scandale. J'ai réussi à la délivrer de justesse.

– On a dit du mal de moi à ce propos ?

– Plusieurs t'ont traité de maquereau, mais ils avaient pas mal bu...

Ainsi que Lucius l'avait prévu en inventant cette anecdote, le préfet du prétoire entra dans une vive colère.

Son effet s'ajoutant à celui de la chaleur, il devint rouge brique et tapa avec violence sur son bureau.

– Celui qui a fait cela le paiera !

– À mon avis, il avait la clé. À qui avais-tu confié le recrutement des femmes ?

– Aux prêtres de Vénus, naturellement. Comme tu le sais, ils sont trois à Rome et chacun avait la responsabilité d'un tiers des guérites.

Il y avait, en effet, trois temples de Vénus dans la capitale de l'Empire et celui dédié aux égouts n'était pas le plus étonnant. Le second, celui de Vénus Libitine, était tout simplement la morgue de Rome. Les corps de ceux qui étaient trouvés dans la rue y étaient entreposés et, si on ne les réclamait pas au bout de deux jours, ils étaient conduits à la fosse commune. Pourquoi la déesse de l'amour était-elle associée à la mort, personne n'en avait la moindre idée. Cela faisait partie des mystères, pour ne pas dire des aberrations, de la religion officielle. Le troisième et dernier temple, celui de Vénus Érycine, était tout de même dédié à la protectrice des amoureux.

Lucius n'eut évidemment pas besoin de réfléchir pour savoir lequel des trois était en cause. Il se rappelait parfaitement, lorsqu'il avait aidé Delia à vendre ses galettes, avoir vu une silhouette les observer des marches du temple de Vénus Cloacine. C'était sans nul doute le prêtre et le scénario n'était pas difficile à reconstituer. Le personnage devait depuis longtemps trouver Delia à son goût. Avec son veuvage, il avait cru avoir ses chances ; mais, au lieu de cela, elle s'était mise à fréquenter les juifs, puis les chrétiens, les pires ennemis de sa religion. Alors, il avait manifesté sa colère et son dépit par ces agressions successives.

Un instant, Lucius fut traversé par une autre pensée : le prêtre était peut-être lié également aux agressions contre lui-même ; il aurait agi, dans ce cas, par jalousie contre un rival potentiel. Mais, en même temps qu'il la formulait, il renonça à cette hypothèse : il avait été agressé la première fois en se rendant à la synagogue et il ne connaissait pas encore Delia. En ce qui le concernait, le mystère restait malheureusement entier.

– Je sais de qui il s'agit. J'ai raccompagné la jeune femme chez elle. Elle habite juste en face du temple de Vénus Cloacine. Cela ne peut être que ce prêtre-là. Il a dû s'amouracher d'elle et elle aura repoussé ses avances.

Tigellin approuva.

– Je vais le faire arrêter immédiatement. Comme la fête a été donnée en l'honneur de Néron, il sera condamné pour lèse-majesté. Cela ne traînera pas !

Lucius ne manifesta pas un contentement excessif, qui aurait pu paraître surprenant, mais intérieurement il éprouvait une joie immense. Il décida que, dès que cet entretien serait terminé, il irait retrouver Delia pour lui annoncer la nouvelle. Le préfet du prétoire appela un officier et lui donna l'ordre de procéder à l'arrestation. Cette question réglée, il s'apprêtait à confier une nouvelle mission à son agent, lorsqu'un soldat fit irruption dans le bureau. Il s'adressa directement à Lucius :

– J'ai ordre de te conduire auprès de l'empereur.

Tigellin et lui échangèrent un regard d'impuissance et il suivit l'émissaire de Néron. Il s'attendait à ce qu'il le conduise dans ses appartements et à affronter l'épreuve de traverser la grande salle remplie de courtisans, mais le soldat ne quitta pas les jardins et le mena à la pièce d'eau où il avait naguère rencontré Poppée. L'empereur s'y tenait effectivement, assis sur un banc de marbre. Dès qu'il vit Lucius, il vint vers lui, l'air aussi inquiet, presque angoissé, que la première fois qu'ils s'étaient rencontrés dans ce cadre si particulier.

– Tu as interrogé le peuple, Gemellus ?

– Je l'ai fait, César. Ta popularité est au zénith. Les Romains sont au comble du bonheur que tu aies chanté pour eux.

– Oui, mais ma voix ? Que pensent-ils de ma voix ?

– C'est à ce sujet qu'ils sont le plus enthousiastes. Ils disent qu'elle est divine, que seules celles d'Apollon et d'Orphée peuvent lui être comparées.

Encore une fois, Lucius vit l'empereur accueillir le compliment en se troublant et en rougissant comme une jeune fille. Il continua avec entrain :

– J'ai une nouvelle à t'annoncer, Gemellus ! Terpnus vient de me dire que la chaleur excessive était mauvaise pour la voix. Alors j'ai décidé d'aller résider à Antium[1] tant que durera la canicule. Au bord de la mer, il fait plus doux.

Néron possédait, en effet, dans cette ville située à une

1. Aujourd'hui Anzio.

trentaine de milles de Rome, un palais maritime où il aimait se retirer parfois. La résidence appartenait depuis longtemps à sa famille et c'était là qu'il avait vu le jour, vingt-six ans et demi plus tôt...

– C'est une sage décision, César. Tu comptes donc continuer à chanter ?

– Bien sûr, et tu m'accompagnes.

– Tu me fais un grand honneur. Quand partons-nous ?

– Tout de suite !

Le départ eut lieu quelques heures plus tard et, compte tenu de la longueur des journées en cette période de l'année, le convoi impérial fut sur les lieux avant la nuit. En cette occasion, Lucius put remarquer à quel point il faisait partie des privilégiés. Car toute la cour n'avait pas accompagné Néron, loin de là. Il n'y avait autour de lui que ses familiers : Sénèque, le petit groupe qui entourait Pétrone, la suite de Poppée et les plus notables des sénateurs autour de Caius Pison. Tigellin avait tout de même obtenu de transférer à Antium une bonne partie de son personnel, au nom de la continuité du service de l'État.

Lucius Gemellus se serait bien passé de l'honneur qui lui était fait ainsi. À cause de ce départ inopiné, il lui avait été impossible d'informer Delia de l'identité de son agresseur. Que se passerait-il s'il devait rester un long moment là-bas ? Que penserait-elle en ne le voyant pas ? Irait-elle le chercher à la boutique de ses parents et ceux-ci lui raconteraient-ils encore une fois qu'il était allé en Ombrie s'approvisionner en huile ? Il se consolait en se disant qu'à l'heure qu'il était le prêtre de Vénus Cloacine était arrêté et que la jeune femme ne risquait plus rien, ce qui était tout de même le principal...

S'il avait voulu échapper aux fortes chaleurs en venant se réfugier à Antium, Néron avait fait un mauvais choix. En effet, dès le lendemain matin, le sirocco, le vent d'Afrique venu du désert, se leva brusquement. Certes, il devait souffler sur toute l'Italie, mais là où ils étaient, face à la mer, il arrivait avec toute sa puissance, sans avoir rencontré d'obstacle. Il véhiculait une poussière rouge qui desséchait les poumons et il était impossible de rester dehors. Il fallut s'enfermer et barricader portes et fenêtres dans le palais transformé en étuve.

Un nom était sur toutes les lèvres : Canicula, la Petite Chienne, surnom que l'on donnait à l'étoile Sirius dans la constellation du Chien et dont l'arrivée dans le ciel en même temps que le soleil coïncidait avec le début de l'été. C'était elle qu'on rendait responsable des grandes chaleurs. Les amis de Pétrone envoyèrent des esclaves chercher des chiennes dans tout le voisinage, les couronnèrent de fleurs et leur adressèrent des prières, mais cela ne fit rire personne et eux-mêmes étaient tellement accablés par la température qu'ils cessèrent leur manège.

Dans ces conditions, il n'était pas question pour l'empereur de chanter. Terpnus l'interdit formellement à son élève. Un air pareil était de nature à irriter gravement la gorge, c'était le meilleur moyen de se casser la voix. À peine arrivé, Lucius se retrouva donc livré à lui-même. Il se mit à errer dans le palais, désœuvré, rageant contre cet événement fortuit qui l'empêchait d'aller à Rome, pour rien, par-dessus le marché. À la fin, il décida d'aller voir Tigellin. Peut-être trouverait-il auprès de lui un moyen de se rendre utile.

Il le rencontra dans le bureau qu'il s'était installé, éventé par le même petit esclave. Le préfet du prétoire l'accueillit aimablement, même s'il était très occupé. Il préparait une rencontre avec les Parthes. Le prince Tiridate, frère du roi de ce peuple, était disposé à conclure une alliance avec Rome en échange de certains avantages. Bien entendu, Néron s'était totalement désintéressé de la chose et avait laissé l'entière responsabilité de la décision à Tigellin, même si, par principe, il était favorable à la paix. Depuis qu'il était au pouvoir, il n'y avait pas eu une seule guerre et il en était particulièrement fier.

Tigellin parla pendant quelque temps de tout cela avec Lucius. Il lui arrivait parfois de s'entretenir avec lui des graves problèmes de l'Empire ; il aimait son jugement sain et ses positions mesurées. Puis il changea brusquement de sujet :

– Je suis ennuyé à propos du prêtre de Vénus.

– Tu ne l'as pas arrêté ?

– Non, il a disparu. Il devait se méfier...

S'il n'avait pas fait si chaud, Lucius se serait senti glacé. Cela signifiait que Delia était plus que jamais en danger et qu'il n'était plus là pour la protéger !

– Tu l'as fait rechercher ?

– Bien sûr. J'ai même engagé des moyens importants pour le retrouver. Mais, pour l'instant, il faut attendre...

– Il risque de recommencer. Sa victime peut craindre à tout moment une nouvelle agression.

– C'est certain, mais qu'y puis-je ? Je ne peux pas mettre un soldat derrière chaque Romain.

Tigellin se replongea dans ses papiers concernant les Parthes. Lucius était sans illusions, mais il tenta quand même sa chance :

– Tu n'as pas une mission à me confier à Rome ?

– L'empereur te veut auprès de lui, tu le sais bien.

– Mais il ne peut plus chanter.

– Cela ne change rien. Ce sont ses ordres.

– T'a-t-il dit quand il pensait rentrer ?

– Non. Je n'arrive pas à tirer le moindre mot de lui. Je ne l'ai jamais vu dans cet état.

Commencèrent alors, pour Lucius, des jours éprouvants. Il se sentait comme en prison. Il aurait voulu de toutes ses forces être à Rome, mais il en était empêché par un obstacle plus puissant que toutes les murailles : la volonté impériale. Il se demandait sans cesse où était Delia. Était-elle seulement en vie ? N'avait-elle pas été victime d'une nouvelle agression, remplie d'étonnement et de déception qu'il l'eût ainsi abandonnée ?

Oui, la villa maritime d'Antium était bel et bien une prison car, même s'il s'agissait d'un palais, l'existence était loin d'y être plaisante. Bien que vaste, la demeure n'était pas faite pour abriter un aussi grand nombre de personnes. La cohabitation aurait été aisée si on avait pu profiter des vastes jardins ou aller sur les jetées qui s'avançaient assez loin dans la mer. Mais le soleil implacable, sans parler du sirocco qui soufflait un jour sur deux, rendait les lieux infréquentables. Les courtisans s'entassaient donc dans les pièces surchauffées et les plus faibles donnaient des signes inquiétants d'épuisement. Sénèque, en particulier, ne quittait pas sa chambre. Tout le monde se demandait pourquoi Néron ne donnait pas l'ordre de rentrer à Rome où, à tout prendre, on aurait eu de la place. Mais il semblait devenu apathique et absent. Quand on le pressait de partir, il éludait. Alors qu'on l'avait vu faire preuve d'un tel enthousiasme et d'un tel dynamisme après sa victoire au concours, il était devenu subitement l'ombre de lui-même.

Une dizaine de jours avaient passé... Lucius errait sur une des jetées. Il n'était pas loin de midi et le soleil était insupportable, mais cela lui était égal. Il quittait Tigellin, qui venait de lui annoncer encore une fois qu'il n'y avait rien de nouveau concernant le prêtre de Vénus et il avait besoin de se donner de l'exercice pour calmer son angoisse.

Il revenait sur ses pas et se trouvait devant l'une des pièces du rez-de-chaussée, qui avait la particularité d'avoir une porte-fenêtre en verre, matière presque aussi précieuse et rare que l'ivoire, lorsque celle-ci s'ouvrit.

Surpris, il vit devant lui Néron lui-même. L'empereur était tout rouge et suant, ce qui n'avait rien d'étonnant, mais il affichait un air sinistre qui inquiéta vivement Lucius.

– Que se passe-t-il, César, veux-tu que j'appelle quelqu'un ?

– N'appelle personne et entre.

L'empereur referma la baie vitrée et Lucius se retrouva dans une pièce de grandes dimensions, mais pauvrement meublée d'un lit doré, d'un coffre, de deux fauteuils et d'une table basse, sur laquelle reposaient des vases grecs. Tout le sol était couvert d'une mosaïque représentant des animaux marins nageant au milieu des flots.

– Sais-tu où tu te trouves ?

– Je l'ignore, César.

– Sur le lieu de ma naissance. Il y a un peu plus de vingt-six ans, à l'heure où, toi, tu tombais dans une jarre d'huile, je voyais le jour sur ce lit et un rayon de soleil me touchait les pieds, me consacrant à Apollon.

Lucius était vivement impressionné, tant de se trouver dans un endroit si chargé d'histoire que du ton de l'empereur, qui avait quelque chose de grave, presque de pathétique. Néron poursuivit sur le même ton tragique :

– C'est elle qui me retient ici, elle uniquement !

Lucius avait parfaitement compris de qui son interlocuteur parlait.

– Tu ne dois plus penser à ces choses.

– J'essaie, mais c'est elle qui m'y oblige. Tu comprends ?

Néron s'assit sur un des deux fauteuils et lui désigna l'autre.

– Où est ta mère en ce moment, Gemellus ?

– En ce moment ? Elle doit être à notre magasin.

– Elle y est sûrement. Elle est vivante, et les vivants restent là où ils sont, mais pas les morts...

– Je t'en prie, ne te fais pas de mal inutilement !

Le regard de l'empereur se fit vague. On sentait qu'il était parti ailleurs, dans un passé proche et douloureux.

– Je ne voulais pas qu'elle sache, je voulais qu'elle croie à un accident, lui cacher qu'elle mourait sur l'ordre de son fils...

– Tout Rome te l'a pardonné. Tu ne pouvais pas faire autrement. J'ai interrogé mille fois le peuple à ce sujet et il est unanime, je te le jure !

Mais Néron ne l'écoutait pas. Il était avec ses souvenirs.

– J'ai fait semblant de me réconcilier avec elle et je lui ai offert une galère, dont le fond devait s'ouvrir pour qu'elle périsse noyée. Elle n'avait pas compris. Elle m'a quitté heureuse. Le fond s'est ouvert, mais elle a nagé et elle a survécu. Alors, je lui ai envoyé mes soldats et, cette fois, elle a compris.

– Tout Rome sait cela !

– Mais qu'elle ait tenté de faire de moi son amant, est-ce que Rome le sait ?

Lucius était au comble de l'embarras. Jamais il ne s'était trouvé dans une situation aussi délicate. Il finit par répondre :

– Il y a eu des bruits à ce sujet...

– Les bruits étaient fondés... C'était au palais. Au repas, elle avait semblé souffrante et elle s'était retirée dans sa chambre. En sortant de table, j'ai été prendre de ses nouvelles. Je me suis approché de son lit. Nous étions seuls. Elle était enroulée dans une couverture, elle l'a retirée et elle est apparue toute nue.

– Essaye d'oublier, je t'en conjure !

– Comment peux-tu oublier une mère qui se jette sur toi, qui t'embrasse à pleine bouche, qui pose la main sur ton sexe et qui commence ses caresses ? Si ta mère l'avait fait, pourrais-tu l'oublier ?

– Agrippine était un monstre, mais elle est morte, à présent...

Néron se leva brusquement de son fauteuil et se mit à arpenter la pièce. Sans doute n'entendait-il pas ce que lui disait Lucius. Il avait besoin de parler.

– Après cela, je ne l'ai plus jamais vue seul. Je ne lui rendais visite qu'entouré de soldats. Mais tu imagines les moments qui ont suivi et les nuits, surtout les nuits ? Je rêvais à elle et il m'arrivait de me réveiller recouvert de ma semence. Alors, j'ai tenté l'impossible...

Lucius voyait cet homme puissant, au physique de lutteur, parcourir la pièce comme une bête apeurée. Il était le maître du monde et pourtant, en cet instant, il était aussi faible que le plus humble de ses sujets. Il poursuivit son terrible récit :

– Pour échapper à cette obsession, j'ai fait rechercher dans tout l'Empire des prostituées qui lui ressemblaient et j'ai assouvi ma passion sur elles. Mais cela ne m'a pas aidé, bien au contraire. Cela ne faisait que renforcer les désirs monstrueux qu'elle avait fait naître en moi. Alors, tu comprends, il fallait qu'elle disparaisse ! Tu le comprends ?

– Qui ne le comprendrait, César ?

L'empereur baissa soudain le ton, comme s'il y avait quelqu'un dans la pièce pour les entendre.

– Elle m'attendait ici, Gemellus ! C'est elle que j'ai retrouvée dans cette atmosphère étouffante et, depuis que nous sommes ici, je n'arrive pas à lui échapper !

– Fuis-la. Rentre à Rome.

– Cela ne servirait à rien. Elle me suivrait.

– Alors, accomplis quelque chose qu'elle n'aurait pas voulu. Chante, par exemple. Lorsque tu chantes, tu la rejettes au loin, tu la fais taire, tu la fais disparaître.

Pour la première fois, Néron eut l'air intéressé par ce que lui disait son interlocuteur.

– Ce que tu dis est vrai, mais je ne peux pas chanter. Terpnus me l'a interdit.

– Alors, écris, compose ! N'as-tu pas quelque œuvre en tête ?

– Si, et depuis longtemps. Mais jusqu'ici, je n'osais pas.

– N'hésite plus, César, le moment est venu.

Néron alla vers lui et prit ses mains dans les siennes, vivement ému.

– Merci pour tes paroles. Je vais me mettre à l'œuvre

tout de suite. Mais ne m'appelle pas César. Aurais-tu oublié que nous avons le même prénom ?

Lucius hésita un instant, puis répondit à l'empereur :

– Non, Lucius, je ne l'ai pas oublié.

Quelques jours avaient encore passé. On était précisément le 12e avant les calendes d'août [1]. Depuis quelque temps, on ne voyait presque plus Néron. Il s'enfermait dans la chambre de sa naissance et s'y livrait à une mystérieuse activité. Il n'en sortait que pour prendre une brève collation, puis laissait les autres continuer leur repas et retournait s'enfermer. À part cela, rien n'était changé : la chaleur ne faiblissait pas, aggravée parfois par la présence du sirocco. La Petite Chienne sévissait plus que jamais.

Il faisait du sirocco ce jour-là, mais on avait tout de même dressé les tables dehors, sur l'immense terrasse qui s'étendait devant le palais, face à la mer. Néron avait une grande nouvelle à annoncer et, pour cela, il donnait, le soir, un banquet réunissant toute la cour. Pour protéger les dîneurs du vent, les esclaves avaient installé d'immenses panneaux de bois amarrés par des câbles. Cela empêchait de voir le magnifique coucher de soleil, mais personne ne s'en plaignait. On se plaignait, en revanche, du sirocco, car, malgré les obstacles dressés, il parvenait à s'insinuer au milieu des tables, soulevant les nappes, les

1. Le 19 juillet.

vêtements et les cheveux. Mais le pire était le sable rouge qui s'infiltrait partout. Les esclaves passaient des linges humides pour qu'on puisse s'essuyer le visage, mais ne parvenaient pas à empêcher qu'il tombe dans les plats et les coupes. On mangeait du sable, on buvait du sable.

Dans ces conditions, on comprend que l'atmosphère n'était pas vraiment à la fête chez les convives. On maudissait intérieurement le caprice de l'empereur qui imposait à tout le monde cette épreuve, tout en en reconnaissant le caractère inoffensif. Les Césars précédents avaient eu des excentricités autrement dangereuses et sanglantes.

Plusieurs tables étaient disposées autour de la table impériale, qui occupait le centre. Outre l'empereur, elle accueillait Poppée, Tigellin, Pétrone et quelques personnalités comme le sénateur Pison. Sénèque, qui avait fait l'effort de venir souper pour la première fois depuis l'arrivée à Antium, partageait leur compagnie. Il semblait avoir un peu récupéré ses forces, mais avait l'air maussade.

Le repas avançait et Néron ne disait toujours rien. De la table où il se trouvait, Lucius le voyait parfaitement. Il n'avait plus rien de commun avec l'être désemparé qui lui avait fait ces terribles confidences. Il avait retrouvé son assurance et son optimisme, et c'était grâce à lui ! Quand l'empereur se décida à prendre la parole, il se leva et, instantanément, le silence se fit, à part le sifflement rauque et discontinu du sirocco.

– L'heure est venue de vous révéler le grand projet que j'ai tenu jusque-là secret : je vais écrire une histoire de

Rome en vers, depuis les origines jusqu'à mon règne. Elle comptera en tout quatre cents volumes.

Une ovation générale accueillit cette déclaration. Pétrone s'écria avec un désespoir comique :

– Mais que vais-je devenir ? Comment rivaliser avec un tel poète ?

D'autres quittèrent leur place pour aller congratuler l'empereur. Pourtant, lorsque le silence fut à peu près revenu, une voix discordante se fit entendre au milieu de cette unanimité courtisane. Sénèque, lui aussi, s'était levé. Lucius distinguait parfaitement sa maigre silhouette et son visage hâlé à la barbiche blanche.

– C'est inepte ! Comment auras-tu le temps de régner avec une tâche pareille à entreprendre ?

– Je n'ai pas voulu régner. Je ne suis devenu empereur qu'à cause de... de qui tu sais.

– Que tu sois sur le trône par la volonté de ta mère ou pour toute autre raison ne change rien.

Sénèque contempla les diverses tablées. Il était le centre de l'attention générale, ce qui parut le flatter. Il reprit la parole d'une voix plus sentencieuse, un rien emphatique :

– Nous devons jouer le rôle que nous a attribué le sort, que ce soit celui d'un empereur ou d'un mendiant. Néron, tu dois régner et te soumettre au destin, qui est notre maître à tous !

Pour toute réponse, l'intéressé s'empara d'un rouleau de parchemin qu'un esclave venait de lui apporter.

– Je vais maintenant vous donner lecture du début du premier livre : « La fondation de Rome par Romulus. »

Tandis que le philosophe quittait les lieux, outré, Néron se mit à déclamer. Le style était toujours le même : il dénotait une certaine aisance, mais il était gâté par une constante emphase. En tout cas, l'empereur était doué d'une facilité incroyable pour écrire. Alors qu'il n'avait commencé à écrire que depuis quelques jours, il déclama à l'auditoire des centaines de vers.

Mais, très rapidement, Lucius Gemellus ne l'écouta plus. Il pensait, le cœur serré, à Delia. Était-elle seulement en vie ? La reverrait-il jamais ? Il se prit à espérer un événement, n'importe lequel, qui lui permettrait de quitter Antium pour rentrer à Rome.

10

Le grand embrasement

Delia ne parvenait pas à dormir. Pour avoir un peu d'air, elle s'était mise sur son balcon et, de l'air, elle n'en avait à présent que trop ! Le sirocco, après s'être interrompu un moment, soufflait à présent avec rage, recouvrant tout d'une pellicule rouge lui desséchant la bouche et lui irritant tout le corps. Elle était nue. Qui pouvait la voir au dernier étage de son immeuble ? Au-dessus d'elle, il n'y avait que les étoiles. Pour échapper à la morsure du sable, elle alla chercher un drap et se réinstalla sur son balcon.

Elle eut un soupir douloureux, qui n'était pas dû à la chaleur suffocante. C'était la pensée de Lucius qui la faisait souffrir. Elle ne comprenait pas. Où était-il ? Que faisait-il ? Il y avait maintenant dix-huit jours – elle les avait comptés – qu'il n'était pas venu la voir. Il lui avait pourtant promis de la délivrer de son agresseur. Certes, celui-ci ne s'était pas manifesté de nouveau, mais elle tremblait à tout instant qu'il recommence. En désespoir de cause, elle s'était rendue à la boutique du Circus

Maximus. Il n'était pas là. Elle avait interrogé ses parents. Ils lui avaient dit, ainsi qu'elle s'y attendait, qu'il était retourné en Ombrie pour acheter de l'huile, mais leur gêne était évidente. À leur tour, ils lui avaient posé des questions : comment s'appelait-elle ? Qu'était-elle pour lui ? C'étaient visiblement de braves gens, qui avaient de la sympathie pour elle. Elle avait eu l'impression qu'ils la plaignaient.

Elle s'apercevait, à présent, qu'elle ne savait rien de Lucius ou plutôt qu'il y avait un mystère à son sujet. Avait-il une femme dans sa vie ? Ce n'était pas possible : il le lui aurait dit la première fois qu'ils s'étaient vus. Il n'y avait rien entre eux, il n'avait aucune raison de lui mentir.

La jeune femme en était là de ses interrogations, lorsqu'un bruit léger en provenance de son appartement la fit sursauter. Instinctivement, elle enroula et noua le drap autour d'elle. Elle fit un bond. Un homme était là. Elle reconnut le prêtre de Vénus Cloacine, qu'elle avait déjà croisé plusieurs fois dans la rue. Il avait les yeux écarquillés et la bouche tordue par un sourire hideux.

– N'aie pas peur, ma belle, je ne te veux pas de mal !

Comment était-il entré ? Elle était certaine d'avoir fermé la porte. Sans doute l'avait-il crochetée. Il s'avançait, sûr de lui, lui coupant toute possibilité de fuite. Elle recula sur le balcon. Pourquoi Lucius n'était-il pas là ? Pourquoi ?... Plutôt que de subir les outrages de cet homme, elle préférait se jeter dans le vide.

– Où vas-tu ? Calme-toi. Sois raisonnable...

Arrivée à la balustrade, elle lança un regard désespéré derrière elle, comme si elle espérait voir surgir quelque secours. Et justement, elle aperçut du secours ! La gouttière de l'immeuble passait tout près. Elle avait toujours été agile, elle devrait pouvoir arriver à la saisir. Elle s'élança résolument et, l'instant d'après, elle descendait le long de la façade. Le prêtre de Vénus se précipita en poussant un cri de rage. Un instant, il fut tenté d'emprunter le même chemin, mais il dut penser qu'il était trop lourd pour que la gouttière supporte son poids. Il fit demi-tour et se rua dans l'escalier.

Une fois à terre, Delia se retrouva au milieu de la circulation nocturne. Elle hésita un instant entre deux directions. Si elle allait à gauche, elle prenait le chemin du Champ de Mars et du cimetière qui le prolongeait de l'autre côté des murailles, si elle choisissait la droite, elle allait vers le Circus Maximus et la boutique des parents de Lucius, en espérant qu'elle serait ouverte pour une livraison. Elle se décida pour cette seconde possibilité. Le salut ne pouvait être que du côté de Lucius ! Elle s'élança entre les chariots, tandis que son agresseur, qui avait dévalé l'escalier à une vitesse prodigieuse, se mettait à sa poursuite.

Le prêtre de Vénus était certainement plus rapide qu'elle, il était massif, taillé en athlète, mais elle était plus agile et les embouteillages la favorisaient. Elle se faufilait comme une anguille au milieu des obstacles, alors que lui trébuchait, se cognait aux uns et aux autres. À un moment, en se retournant, elle ne le vit plus et eut le fol espoir de l'avoir semé. Mais cela ne dura pas : une portion de rue plus dégagée lui permit de reprendre du terrain.

Elle déboucha dans la plaine étroite entre le Palatin et l'Aventin où se trouvait le Circus Maximus. Dans ce couloir orienté nord-sud, le sirocco s'engouffrait de front et elle le reçut en plein visage. Essoufflée comme elle l'était, elle avait l'impression d'étouffer et de brûler à l'intérieur. Elle sentit son courage l'abandonner, mais un cri du prêtre, quelques pas derrière, agit sur elle comme un aiguillon : elle se lança droit devant. La haute silhouette de l'enceinte sportive était visible par intermittence dans la lueur vacillante des torches. Il fallait qu'elle atteigne la boutique de Lucius ! S'il n'était pas là, ses parents y seraient et ils la défendraient. Elle rassembla ses dernières forces.

La suite arriva à une vitesse terrifiante. Un peu plus loin devant elle, un livreur qui en éclairait un autre heurta avec sa torche un ballot d'étoffes. Immédiatement, le tissu s'enflamma et, sous l'effet du vent, se transforma lui-même en torche. Poussant un cri de surprise et de douleur, le porteur jeta son colis devant lui, dans la boutique d'un marchand d'huile, mettant le feu aux étals en bois. Des cris éclatèrent, qu'elle perçut distinctement :

– Allez chercher de l'eau à la fontaine !

– Prévenez les vigiles !

– Il ne faut pas que l'huile s'enflamme, sinon, c'est la catastrophe !

En quelques instants, ce fut l'affolement général. Les autres livreurs, abandonnant leur travail, vinrent prêter main forte. Tout le monde courait et criait en même temps... Delia n'avait pas ralenti ; profitant de la bousculade, elle avait même mis pas mal de monde entre son poursuivant et elle. Elle se retourna pour voir où il était et elle poussa intérieurement un cri de joie : effrayé par l'incendie, il faisait demi-tour. Elle était sauvée !

Elle s'arrêta, hors d'haleine, le cœur battant à tout rompre. Elle aurait voulu rester là, le temps de retrouver ses forces et ses esprits, mais elle se rendit compte qu'elle n'en aurait pas la possibilité. La situation évoluait, en effet, à toute allure. Attisées par le sirocco, les flammes avaient envahi toute la boutique. Les magasins avoisinants étaient également des commerces d'huile. Si celle-ci prenait feu, tout s'enflammerait en même temps... À présent, les personnes qui étaient allées chercher de l'eau revenaient.

– La fontaine est à sec !

– Où est la plus proche ?...

Ce fut à ce moment-là que toute l'huile de la boutique s'embrasa avec la violence d'une explosion. Delia disparut au milieu des flammes.

– Réveille-toi, Gemellus, le préfet du prétoire te demande !

Lucius avait réussi à s'endormir non sans mal dans la petite chambre qui lui avait été attribuée, au sein d'un bâtiment à l'écart, dans les jardins d'Antium. Il ouvrit les yeux et se trouva face à un officier.

– Que se passe-t-il ?

– Nous partons pour Rome. La ville brûle...

Quelques minutes plus tard, il chevauchait en compagnie de plusieurs centaines de personnes, des soldats pour la plupart, ainsi que quelques civils, à la tête desquels l'empereur. Un groupe de porteurs de torches les précédait pour leur ouvrir le chemin dans la nuit noire. Tigellin, qui s'entretenait jusque-là avec Néron, le quitta. Lucius en profita pour se porter à sa hauteur.

– Peux-tu me dire ce qui se passe ?

– Un émissaire est venu prévenir l'empereur. Le feu a pris à Rome, un peu avant minuit, près du Circus Maximus.

– Qu'est-ce que tu dis ?

– Dans un magasin d'huile, à ce qu'il paraît...

– Et c'est grave ?

– Très...

Lucius continua à galoper vers la capitale, rongé d'angoisse. L'incendie était redouté de tous les marchands du quartier, il n'y avait rien de plus inflammable que l'huile et les tissus. Ses parents avaient-ils pu s'échapper ? Il n'osait le reconnaître, mais, avec le vent et la chaleur qu'il faisait, les chances étaient très minces, pour ne pas dire inexistantes. Et Delia, était-elle saine et sauve ? Si cela se trouvait, elle n'était même plus en vie au moment où s'était déclaré le sinistre. Elle était morte, victime du prêtre de Vénus Cloacine, en le maudissant de l'avoir abandonnée.

L'empereur et sa suite arrivèrent sur place aux premières heures de la matinée et ce qu'ils découvrirent dépassait leurs pires appréhensions. Tout le sud de la ville était en feu. Le nuage de fumée était tel qu'on ne voyait plus rien et qu'il fallut reculer. Pour pénétrer dans Rome, la petite troupe fut obligée de faire un large détour et d'entrer par le nord-est. De là, Néron et ses hommes tentèrent de gravir les pentes du Palatin où se trouvait le palais. C'était là que les attendait l'horreur.

Pénétrant pour la première fois dans l'incendie, au lieu de le contourner, ils eurent l'impression d'être sur un champ de bataille, en face d'une armée de géants. Des explosions retentissaient de tous côtés. Plus encore que la chaleur, c'était le bruit qui était terrifiant. Avec un hurlement continu, des projectiles incandescents tombaient autour d'eux en sifflant. La fumée était si brûlante et si âcre que, d'évidence, la respirer un peu plus longtemps aurait été mortel. Personne ne donna l'ordre de la retraite. Les chevaux terrorisés firent demi-tour tous en même temps, avec des hennissements d'épouvante.

Le hasard plaça Lucius côte à côte avec l'empereur. Son visage était devenu un masque tragique. Peut-être pensait-il à toutes les œuvres d'art qui étaient parties en fumée. Si les statues de marbre avaient quelque chance de survivre au désastre, celles de bronze étaient en train de fondre. Et que dire des manuscrits précieux qu'il avait fait venir du monde entier pour sa bibliothèque, des vases, des tableaux et des fresques, comme celles des deux Apollon qui ornaient l'antichambre ? Mais peut-être Néron pensait-il aussi à tous ses sujets qui avaient connu une mort atroce. Parmi ceux qui l'avaient acclamé au concours, combien étaient encore en vie ? Lucius, lui, pensait à ses proches. Tandis qu'ils dévalaient le Palatin en direction de l'autre rive du Tibre, il revoyait la petite chambre où il avait passé son enfance et sa jeunesse. Il souhaita que ses parents n'aient pas souffert, que le feu les ait surpris et emportés en quelques instants.

Le groupe des cavaliers passa près du Forum. Là aussi, l'incendie faisait rage. Un immeuble de cinq étages s'écroula avec un fracas de fin du monde. Une pluie de grosses pierres vola autour d'eux. Plusieurs d'entre elles frappèrent l'homme et la monture qui se trouvaient devant Lucius, les transformant en un amas de chair sanglante. Il eut la vision fugitive de l'appartement de Delia, avec ses fleurs et son balcon. Il espéra qu'elle non plus n'avait pas souffert. Quant à lui, il n'éprouvait rien encore. Il était dans l'action et, dans l'action, il n'y a pas place pour les sentiments. La douleur ne vient qu'après.

La cavalcade ne s'arrêta que dans la demeure du Vatican, qui allait devenir une nouvelle fois la résidence impériale. De l'autre côté du Tibre, on ne craignait rien de l'incendie et c'était là que, son palais ayant brûlé, Néron avait décidé de s'installer.

Flavius Sabinus, le préfet des vigiles, corps de sept mille pompiers créé par Auguste afin de lutter contre le feu dans la capitale, l'attendait pour lui exposer la situation. L'assemblée improvisée eut lieu dans le théâtre où s'était déroulé le concours. Lucius remarqua que l'empereur, qui s'était désintéressé jusqu'à présent de tout, prenait en personne la direction des opérations. Le drame l'avait vivement choqué et il redevenait pour la circonstance le chef de l'État. Il apostropha vivement Flavius Sabinus :

– Comment une telle horreur a-t-elle pu se produire ? Que font tes hommes ?

Ce dernier s'était visiblement dépensé sans compter depuis le début de l'incendie, il était couvert de suie et de sueur.

– Tout s'est ligué contre nous, César. Comme tu le sais, le feu a pris vers minuit près du Circus Maximus. Le malheur a voulu que ce soit dans une boutique d'huile. Toutes les autres se sont enflammées presque en même temps. Les témoins ont parlé d'une boule de feu grande comme un immeuble et longue comme le Circus Maximus.

Lucius ferma les yeux. Une fois encore, il eut un souvenir fugace : sa mère donnait une recette à des ménagères, tandis qu'un peu plus loin, son père s'esclaffait au milieu d'un groupe de clients. L'image s'effaça : le préfet des vigiles continuait son rapport :

– Le vent soufflait de sud-ouest. De là, l'incendie s'est propagé, à l'est sur les pentes du Palatin, et au nord vers le Forum, puis, de là, vers les quartiers de la plaine, l'Argilète et Subure.

– Et à l'heure actuelle ?

– Il progresse encore. Tant que le vent ne faiblira pas, il progressera.

Comme pour apporter une sinistre confirmation aux propos du préfet, une violente rafale de sirocco traversa à ce moment-là le théâtre, soulevant les cheveux et les tuniques et y laissant une pellicule rouge. Néron reprit la parole avec la même vivacité :

– Tu parles de tout cela comme si c'était une fatalité. Il y a bien moyen d'arrêter cet incendie. Ce n'est pas le premier qui se produit à Rome !

– Mais c'est le premier qui a lieu dans des conditions pareilles. La canicule dure depuis plus de vingt jours. Tous les matériaux sont asséchés, le bois est devenu aussi inflammable que le liège, les parois de pierre ne font plus obstacle : elles éclatent et s'effondrent. La plupart des fontaines sont à sec. Mes hommes ont été obligés d'aller chercher de l'eau jusqu'au Tibre. Mais il y a pire encore...

Qui se souvenait, en cet instant, du concours de chant qui avait eu lieu à cet endroit même, il n'y avait pas un mois, du bruit assourdissant de la claque, du peuple entendant pour la première fois un empereur chanter ? C'était une tragédie sans précédent qui se déroulait à présent sur cette scène. Flavius Sabinus, préfet des vigiles, pourtant homme dur et aguerri, semblait au bord des larmes.

– Le malheur a voulu que le feu éclate au moment où

tout le monde dormait et où les rues étaient encombrées par les livraisons. Tous les gens sont sortis en même temps de chez eux et se sont mis à tourner en rond au milieu des flammes. C'était une cohue épouvantable. Mes hommes ne pouvaient pas s'approcher pour leur porter secours. Rome était devenue un piège mortel pour ses habitants.

– Il y a beaucoup de victimes ?

– Elles sont innombrables, César, innombrables...

Tigellin intervint à son tour. Il venait de s'entretenir avec ceux de ses officiers qui étaient restés à Rome et il avait des informations supplémentaires à apporter :

– Ce n'est pas tout, César. Il semblerait que l'incendie ait trouvé d'autres auxiliaires. Mes hommes me parlent de voleurs qui pillent les maisons et les boutiques. Certains, pour faire fuir les habitants, n'ont pas hésité à mettre le feu, ce qui a créé autant de nouveaux foyers.

– Alors, l'incendie pourrait être criminel ?

– Il est trop tôt pour l'affirmer, mais, au départ, non, je ne pense pas...

Il y eut un silence. Tout le monde attendait que l'empereur s'exprime. Il finit par s'adresser à Flavius Sabinus :

– Où sont tes vigiles en ce moment ?

– Il est impossible d'aller au cœur de l'incendie. Je les ai placés à la périphérie, avec pour consigne d'empêcher qu'il s'étende. Mais j'ai peu d'espoir : il fait trop chaud, le vent est trop fort et l'eau fait défaut.

– Alors, je vais aller près d'eux.

– C'est dangereux, César !

– Crois-tu que je manque de courage ? C'est là qu'est ma place. Je dois montrer au peuple que je ne l'abandonne pas dans ce malheur...

Tandis que Néron remontait à cheval et disparaissait en compagnie de Flavius Sabinus et d'une petite troupe, Tigellin alla trouver Lucius.

– Toi aussi, tu vas reprendre du service. J'ai besoin d'en savoir plus sur ces pillards incendiaires. Va sur les lieux. N'essaie pas d'intervenir, mais tâche de me dire à quoi ils ressemblent. Sois de retour ce soir ici même.

Peu après, Lucius Gemellus cheminait en direction de l'incendie. Il avait préféré aller à pied, les réactions de panique d'un cheval étant à craindre. Pour l'instant, il était encore dans la partie protégée par le Tibre, mais une barrière impénétrable de fumée s'élevait à un millier de pas environ devant lui et, si elle masquait les flammes, celles-ci devaient être immenses : la lumière du jour était orange.

Lucius n'avait pas d'idée précise de l'endroit où il se rendait. Il allait vers l'incendie, c'était tout. Quel que soit le lieu où il se trouverait, s'il y avait des pillards, il les verrait... Il était profondément reconnaissant au préfet du prétoire de lui avoir confié cette mission. S'il était resté désœuvré, la douleur et le deuil auraient eu raison de lui.

Il prit soudain conscience qu'il se trouvait dans le

cimetière où Delia aimait se réfugier. Il chassa les souvenirs que lui évoquaient ces lieux et il était sur le point d'éviter la tombe avec la salle à manger funéraire, dont la vision lui aurait été trop pénible, quand un fol espoir naquit en lui. Et si, malgré tout, Delia était vivante et s'y était rendue ?

La porte de bronze était fermée, mais comme d'habitude pas à clé. Il la poussa et lâcha un cri : elle était là, devant lui, dans la lumière orangée, recroquevillée sur le lit de marbre... En entendant son cri, elle se redressa et courut se jeter dans ses bras. Il la garda longtemps contre lui, la laissant pleurer. Elle finit par lui dire d'une voix tremblante :

– Tes parents...

– Je sais. Mais toi, comment le sais-tu ?

– J'étais là.

– Là-bas, en pleine nuit ?

– Je voulais me réfugier auprès de toi. J'étais poursuivie. C'était le prêtre de Vénus Cloacine.

– Et tu lui as échappé ?

– Il a fait demi-tour à cause de l'incendie. Moi, j'ai pu fuir les flammes juste à temps. J'ai couru vers le Tibre en pensant que c'était l'endroit le plus sûr et je l'ai suivi jusqu'ici.

Elle leva les yeux vers lui.

– Et toi, comment es-tu en vie ? Tu n'étais pas avec tes parents ?

– Non, je viens juste d'arriver.

– D'Ombrie ?

– Oui, d'Ombrie, c'est cela...

Elle soupira. Après un silence, il reprit la parole :

– Je dois partir. Il faut que j'aille combattre l'incendie. Reste ici, c'est le mieux. Tu es à l'abri, le feu ne franchira pas le Tibre.

– Non, je veux rejoindre les chrétiens. C'est ma vraie famille, c'est avec eux que je veux être. Je vais aller chez Paul.

– C'est de la folie ! Tu ne vas pas traverser tout Rome en feu ?

– J'ai besoin d'être auprès d'eux. Tu ne me feras pas changer d'avis.

– Alors, je t'accompagne...

Les deux jeunes gens se mirent en marche. Ils rencontrèrent le feu un peu avant le Forum et, à partir de là, ils entrèrent tout éveillés dans le cauchemar. Par moments, à cause de la fumée, c'était la nuit noire ; à d'autres moments, au contraire, la lueur des flammes était si aveuglante qu'il fallait se protéger les yeux. De temps à autre, un immeuble s'écroulait, engloutissant tout sous lui. Lucius avait pris la main de sa compagne et ils se tenaient aussi fort qu'ils pouvaient. L'air était si brûlant qu'ils avaient l'impression de brûler eux-mêmes.

Le pire était les rencontres qu'ils faisaient. Le préfet des vigiles ne s'était pas trompé en parlant de victimes innombrables. Des cadavres, ils en croisaient partout, tout noirs, tout rabougris. Certains étaient si calcinés qu'il ne restait plus que le squelette. Mais les vivants étaient plus pathétiques encore. Un nombre incroyable d'hommes, de femmes, d'enfants et de vieillards parcouraient les rues. La plupart étaient nus, soit que leurs vêtements aient brûlé dans l'incendie, soit qu'ils aient quitté leur domicile sans avoir eu le temps de s'habiller. Beaucoup fuyaient, d'autres erraient, hagards, comme frappés de stupeur et de folie. Lucius et Delia virent un homme et une femme se diriger vers les flammes. Ils coururent pour les retenir, mais ils durent reculer à cause de la chaleur. Le couple, lui, continua son chemin et disparut dans le brasier. Un peu plus loin, un homme couvert de sang leur barra le chemin.

– Ma fille ! Dites-moi où est ma fille !

Ils eurent beau lui répondre qu'ils ne savaient pas, il s'accrochait à eux en répétant sa question. Lucius dut le jeter à terre d'une bourrade pour qu'il lâche prise... Ce fut peu après qu'ils arrivèrent dans le quartier de Delia. Tout d'abord, ils ne reconnurent pas les lieux et crurent s'être trompés, jusqu'à ce qu'ils comprennent la raison de leur méprise. L'énorme amoncellement de débris qui les avait obligés à faire un large détour, c'était son immeuble ou, du moins, ce qu'il en restait ! La jeune femme s'arrêta, malgré le danger, tant était grand son saisissement. Une pensée la traversa : le prêtre de Vénus lui avait sauvé la vie ! S'il n'avait pas tenté de l'agresser en pleine nuit, elle serait parmi ces malheureux, dont on voyait dépasser un bras ou une jambe... Pensant au prêtre, elle se tourna vers le temple de Vénus Cloacine et le désigna subitement à son compagnon.

– Regarde !

Lucius dirigea les yeux dans cette direction et découvrit un spectacle hallucinant. Le temple de Vénus était rempli de monde. Les habitants des alentours s'y étaient réfugiés. À genoux, les bras levés, ils imploraient la déesse de les sauver, tandis que les flammes léchaient les murs et les colonnes... Delia cria :

– Il est là !

Effectivement, la silhouette du prêtre était parfaitement visible au milieu des fidèles. Il était retourné dans son temple pour se placer sous la protection de la divinité qu'il servait. On entendit soudain un grand craquement. Une poutre enflammée se détacha du toit et tomba au milieu des suppliants. Ce fut, pendant de longs moments, l'affolement le plus complet, après quoi, certains se relevèrent et d'autres pas. Le prêtre de Vénus était au nombre des seconds. Lucius et Delia, qui n'avaient cessé de se tenir la main, se serrèrent très fort et reprirent leur chemin.

Pendant longtemps encore, ce furent les mêmes scènes d'angoisse, puis ils sortirent enfin de la zone de l'incendie. Là, ils virent les premiers vigiles. Ils ne s'employaient pas à combattre le feu, mais à démolir les habitations qui n'avaient pas encore été touchées, de manière à créer un espace vide où les flammes n'auraient pas de quoi s'alimenter. Cette technique était peut-être la plus appropriée, mais on ne pouvait s'empêcher d'y voir une certaine inhumanité, alors que tant de drames se passaient à quelques centaines de pas de là.

Un peu plus tard encore, ils arrivèrent dans la région

de la via Nomentana et de la via Salaria. Elle n'avait pas été touchée par l'incendie. Les rues étaient presque vides, très peu d'habitants des autres quartiers s'y étaient réfugiés. Les sinistrés étaient sans doute allés vers l'ouest pour franchir le Tibre, ce qui était le choix le plus judicieux... Lucius et Delia ralentirent l'allure, le danger le plus grand était passé. Malgré ce qu'ils venaient de vivre, la jeune femme voulut exprimer ce qu'elle avait sur le cœur :

– Parle-moi de l'Ombrie...

Lucius se tourna vers elle. Elle avait raison : ces mensonges entre eux ne pouvaient plus durer. Il savait qu'il allait partager son existence avec elle et il devait lui dire ce qu'il n'avait jamais caché à ses parents. Seulement, comment tout lui expliquer en si peu de temps ? Dès qu'ils seraient arrivés chez Paul, il devrait la laisser pour aller à la recherche des incendiaires.

– Ce n'est pas possible maintenant, mais tu sauras tout.

– Quand ?

– La prochaine fois que nous nous verrons.

– Tu me le promets ?

– Je te le jure.

– Il n'y a personne dans ta vie ?

– Il n'y a que toi, Delia...

Lucius s'arrêta soudain. Ils n'étaient pas encore chez Paul, mais les chrétiens étaient là. Une centaine d'hommes et de femmes s'étaient groupés sur un monticule, regardant en direction de l'incendie. Il reconnaissait certains d'entre eux, notamment Honorius, sa femme et leur petite esclave. Ni Paul ni Pierre n'étaient présents. En s'approchant, Lucius eut une impression étrange, sans qu'il puisse dire exactement en quoi elle consistait. Soudain, il en découvrit la raison : tous ces gens n'avaient pas l'air de souffrir, ils étaient sereins, ils paraissaient même heureux !

À leur tour, ils reconnurent Delia et l'appelèrent à grands cris :

– Viens, Delia ! Viens voir avec nous le grand embrasement !

– La capitale des païens brûle !

– Jésus arrive !

Lucius se souvint des paroles de Pierre : « La venue du Seigneur se fera dans un grand embrasement. » Aussi incroyable que cela paraisse, ils pensaient tous que c'était arrivé, ils prenaient ce drame pour un don du ciel ! Après tout ce qu'il venait de voir et d'endurer, c'était plus qu'il n'en pouvait supporter. Il les apostropha vivement :

– Où est votre amour d'autrui ? Vous ne voyez donc pas que ce sont des hommes, des femmes et des enfants qui brûlent ? Vous croyez que votre Dieu annoncerait sa venue en faisant périr des innocents ?

Mais ils ne l'entendaient pas. Ils continuaient à parler du grand embrasement et à appeler Delia. Celle-ci eut un geste d'excuse en direction de Lucius.

– Ils se trompent, mais je dois aller avec eux...

Lucius pensait à ses parents transformés en cendres. Voir ces gens se réjouir lui était insupportable. Sans ajouter un mot, il tourna le dos à Delia et prit la direction de l'incendie pour accomplir sa mission.

Il fit le chemin du retour bouleversé tant par ce drame collectif que par son drame personnel. Malgré le danger que cela représentait, il se porta le plus près possible du front de l'incendie, puis descendit vers le sud en restant au contact avec les flammes. Mais il avait beau mobiliser son attention, il ne voyait rien de suspect. Il n'y avait que des cadavres horribles et des malheureux errant dans un décor de fin du monde.

Il était revenu aux abords du Forum et il avait juste dépassé le temple de Vénus Cloacine, qui n'était plus qu'un amas de pierres fumantes, lorsqu'il aperçut enfin ce qu'il cherchait : trois civils en armes se tenaient à une dizaine de pas de lui. N'étant pas en mesure de s'opposer à leurs projets, il se contenta de s'immobiliser et de les observer. Mais, à sa grande surprise, au lieu de scruter les décombres à la recherche de quelque chose à piller, ils se dirigèrent directement vers lui, l'épée brandie. Ce n'étaient pas de simples voleurs, mais des tueurs chargés de l'assassiner.

Il fallait fuir, mais ils avaient pris soin de se placer de l'autre côté de l'incendie, lui coupant toute possibilité de retraite. Il n'avait d'autre choix que d'aller vers eux ou vers les flammes. Face à leur groupe, il n'avait aucune chance. Il choisit les flammes.

Une maison patricienne était en train de brûler, mais elle tenait encore debout. Sans trop réfléchir, il en franchit le portail sans dommage. Après avoir hésité un instant, les trois hommes le suivirent, levant haut leur glaive. Lucius, de son côté, cherchait un moyen de sortir, lorsqu'il entendit un grand craquement derrière lui : le portail s'était écroulé sur ses poursuivants, alors qu'ils le franchissaient à leur tour.

Il revint sur ses pas, enjamba leurs corps au milieu des ruines incandescentes et parvint à fuir le brasier. Au danger de l'incendie, s'ajoutait celui de tueurs chargés de l'assassiner. Il n'était plus question de mission, il aviserait plus tard à ce qu'il fallait faire. Pour l'instant, il ne souhaitait qu'une chose : regagner le plus vite possible la résidence du Vatican et se mettre à l'abri.

11

La chute de Troie

Le lendemain matin, le feu n'avait pas cessé. Lucius Gemellus avait passé la nuit dans les jardins de la villa du Vatican, qui avait pris des allures de ruche ou de fourmilière. Elle abritait pêle-mêle le personnel de Tigellin, la cour, des soldats, des vigiles. Tout ce monde trouvait de la place comme il pouvait. Mais, à vrai dire, nul ne faisait attention aux conditions matérielles dans lesquelles il était hébergé. Le drame avait frappé les uns et les autres de stupeur. On était en vie, c'était tout ce qui importait.

Lucius pensait qu'au milieu de ces événements, le préfet du prétoire l'avait oublié, mais il n'en était rien. Alors qu'il regardait avec angoisse d'énormes colonnes de fumée monter de l'autre côté du Tibre, un petit esclave vint le trouver.

– Le préfet attend ton rapport...

Il suivit le jeune homme, qui le conduisit de nouveau dans le théâtre. C'était là que Tigellin avait installé son quartier général. Son personnel s'était réparti en groupes sur les gradins, accomplissant les tâches qui étaient les siennes en temps normal. De temps à autre, un cavalier partait avec un message à porter dans telle ou telle direction. Malgré les circonstances, la continuité de l'État et de l'Administration était assurée.

Lucius trouva le préfet du prétoire derrière une table qu'il avait fait dresser sur la scène. Tigellin tint à entendre personnellement son rapport, preuve de l'importance qu'il attachait à cette affaire de pillards incendiaires. Malheureusement, son agent n'avait rien à lui apprendre.

– Je n'ai pas pu remplir ma mission. J'ai été de nouveau attaqué.

– Tu veux dire : personnellement ?

– Oui.

– Tu es sûr que ce n'étaient pas des voleurs que tu aurais dérangés ?

– Certain. Ils étaient trois et ils étaient là pour me tuer.

Lucius Gemellus raconta dans quelles circonstances mouvementées il avait pu leur échapper. Le préfet lui posa une question qu'il s'était lui-même posée :

– Étaient-ce les mêmes qui t'avaient déjà agressé ?

– Je ne peux pas te le dire. Avec la fumée, on y voyait trop mal.

Tigellin hocha la tête pensivement.

– En tout cas, l'affaire est grave. C'est toute une organisation qui veut t'éliminer. Car cela continuera. Ces trois-là sont morts, mais il en viendra d'autres.

– Tu crois toujours que c'est toi qu'ils visent à travers moi ?

– Plus que jamais. Et l'incendie ne les a pas fait désarmer. Cela prouve un acharnement peu commun...

Lucius affichait un air sombre. Depuis son réveil, le souvenir des événements de la veille l'avait plongé dans un abattement profond. Tigellin s'en rendit compte.

– Tu as perdu quelqu'un de proche ?

– Mes parents sont morts. Si tu pouvais me confier une mission, cela m'aiderait à oublier.

– Bien sûr... Je ne vais pas te demander de surveiller les pillards, ce serait trop t'exposer. Je vais te mettre avec la garde de Néron. Si tu es à ses côtés, on ne tentera rien contre toi.

– Mais je ne suis pas soldat. Que veux-tu que je fasse ?

– Tu verras bien. Il apprécie ta compagnie. Il aura peut-être envie de se confier à toi. Sinon, essaie de connaître les réactions de la population...

Lucius partit sans plus attendre. L'empereur ne se trouvait pas dans sa résidence, mais sur le Champ de Mars où il avait établi son quartier général avancé. Il alla se présenter à lui, mais Néron lui accorda à peine un regard. Lucius ne le reconnut pas. Comme lui paraissaient loin le concours de chant et les vocalises avec une plaque de plomb sur la poitrine ! Il avait devant lui un être énergique, prenant les mesures qui s'imposaient.

Pour l'instant, il s'occupait de fournir un abri à ceux qui avaient tout perdu dans la catastrophe. Les bâtiments publics avaient été ouverts à la population, les soldats s'employaient à construire des logements de fortune, du type des camps militaires qu'ils avaient l'habitude d'édifier en campagne. L'empereur allait des uns aux autres porter des paroles de réconfort. Le préfet des vigiles Flavius Sabinus venait lui faire régulièrement des rapports sur la situation. Malheureusement, ceux-ci étaient toujours aussi pessimistes : on ne pouvait rien espérer tant que le vent et la canicule continueraient.

Le soir, Néron revint à la villa du Vatican pour une collation frugale et un court repos, et il repartit le lendemain. Lucius Gemellus le suivit, alors qu'au loin l'incendie continuait de s'étendre, attisé par une chaleur et un vent qui ne faiblissaient pas. Cette fois, l'empereur ne se rendit pas sur le Champ de Mars, mais à Ostie, le port de Rome. Il voulait surveiller le ravitaillement d'urgence qu'il avait fait venir des autres parties de l'Italie. Le blé et les olives arrivaient en provenance des entrepôts qu'on avait vidés. Pendant toute la journée, il veilla à son acheminement vers les populations réfugiées. Il décida aussi que toutes les victimes seraient enterrées aux frais de l'État...

Pendant cinq jours entiers, Néron fit la navette entre la résidence du Vatican et les divers points de la capitale où sa présence pouvait être utile. Il n'hésitait pas à se rendre au plus près de l'incendie, qui malheureusement durait toujours. Il apparaissait au milieu des sinistrés sans gardes, au mépris du danger. Dès que le feu était maîtrisé à un endroit, il plaçait des soldats pour empêcher les pillages...

Le cinquième jour, enfin, même si la situation était tout aussi dramatique qu'auparavant, il s'accorda un peu de repos.

Il passa l'intégralité de la journée dans la résidence du Vatican, qu'il décida d'ouvrir aux réfugiés. Ils furent nombreux à s'installer dans les jardins, ajoutant encore à l'affluence et à la confusion.

Lucius Gemellus, quant à lui, alla trouver Tigellin, qu'il n'avait pas vu depuis le jour où il lui avait raconté l'agression. Comprenant que Néron n'avait nul besoin de sa compagnie, il s'était mêlé constamment à la population et ce qu'il avait découvert était de première importance pour le responsable de l'ordre. Le préfet du prétoire l'accueillit dans les coulisses du théâtre. Il était couvert de sueur et sa tunique était maculée de poussière rouge. Lucius pensa un instant à l'être raffiné qui se faisait éventer par un petit esclave. Le drame qui se déroulait avait transformé tout le monde physiquement et moralement.

– La situation est grave, préfet !

– Tu parles du peuple ?

– Oui. Les gens sont bouleversés par ce qui vient d'arriver. Le malheur est trop grand. Ils ne le supportent pas.

– Est-ce qu'ils sont conscients de ce que nous faisons pour eux, l'empereur en particulier ?

– Ils y font à peine attention. Ce qu'ils cherchent, ce sont des coupables.

– Ils s'en prennent aux nouvelles religions, comme le jour de la vache pleine ?

– Non, je n'ai pas entendu cela. Mais ils parlent d'un complot, d'une organisation qui aurait mis le feu.

Tigellin, malgré tous les problèmes qui pesaient sur ses épaules, devint extrêmement attentif. Il congédia un messager qui lui apportait la réponse des Parthes à ses propositions. Ce qui se passait dans la Ville était plus important.

– Tu penses qu'une émeute est possible ?

– À tout instant. Plusieurs ont déjà failli se produire. Il suffit que quelqu'un accuse une personne, n'importe qui, d'être un incendiaire pour que la foule se jette sur elle avec l'intention de la tuer. Dans le cas présent, les soldats étaient là et ont pu s'interposer, sinon, il y aurait eu des morts et des blessés, sans parler des destructions.

– Que faudrait-il, selon toi, pour les calmer ?

– Que l'incendie s'arrête, déjà...

Mais l'incendie n'était pas près de s'arrêter. Le soir du cinquième jour arriva et on se rendit à peine compte que la nuit était venue, tant la clarté restait vive. Une lumière rouge, presque sanglante, montait à l'orient, de l'autre côté du Tibre, comme une aurore tragique, après le coucher de l'astre.

Pour la première fois depuis le début du sinistre, l'empereur donna un banquet, même si le mot était impropre. Un grand nombre de tables avait été dressées dans la salle de réception de la résidence, mais il ne s'agissait pas d'une quelconque réjouissance. C'était l'occasion pour ces hommes qui avaient été si rudement éprouvés de prendre un peu de forces avant de continuer leur tâche.

On n'avait pas lésiné sur la nourriture, mais l'atmosphère était lugubre. Même si les esclaves circulaient avec des carafes de vin, les convives buvaient à peine. À la table de l'empereur se tenaient ses familiers habituels : Poppée, Tigellin, Sénèque et les amis de Pétrone, qui n'étaient que l'ombre d'eux-mêmes. Ces éternels fêtards, brutalement plongés dans la tragédie, ne savaient quelle contenance adopter. Ils avaient l'air de fantômes.

Le préfet des vigiles arriva un peu plus tard. La journée avait dû être rude pour lui, son uniforme était en partie brûlé. Il se dirigea d'un pas rapide vers la table impériale et commença immédiatement son rapport. Instantanément, toutes les autres tables s'étaient tues pour entendre ce qu'il disait. Cette immense salle remplie de monde était aussi silencieuse que l'intérieur d'un temple.

– Un seul point est positif, César : les pillages ont cessé. Il faut dire qu'il n'y a plus grand-chose à voler. Pour le reste...

– Pour le reste, il y a tes hommes ! Que font-ils ?

– Ils font tout ce qu'ils peuvent, César. Il y a chez eux une vingtaine de morts et des centaines de blessés. Mais, à part les plus grièvement atteints, tous sont repartis au feu... À l'heure actuelle, le front le plus important a lieu sur l'Esquilin. À mon avis...

– Laisse-moi !

– Mais, César...

– Laisse-moi ! Il faut que je donne libre cours à ma douleur. Qu'on aille me chercher ma lyre !

Poppée tenta d'intervenir :

– Est-ce vraiment le moment ?

– Oui, c'est le moment. Je vais chanter mon poème sur la chute de Troie. Il exprime exactement ce que je ressens.

L'instant d'après, un esclave arrivait avec l'instrument de musique. Néron quitta sa place et s'avança sur la terrasse qui prolongeait la pièce. Celle-ci dominait les jardins et la position élevée du Vatican permettait de voir très nettement l'incendie. C'était un spectacle terrible, mais qui ne manquait pas de grandeur tragique. On y voyait toutes les nuances du rouge, de l'orange clair au grenat.

La voix de l'empereur exprimant la détresse du vieux Priam voyant sa ville en flammes ne tarda pas à s'élever. Elle était, comme à son habitude, plus puissante que réellement harmonieuse, mais Lucius, en écoutant ces vers qu'il savait presque par cœur pour les avoir entendus tant de fois, sentit en elle une émotion sincère. Néron avait de la peine pour ces malheureux, envers lesquels il se sentait impuissant, et il souffrait peut-être aussi d'avoir perdu toutes les merveilles qu'il avait réunies dans son palais du Palatin...

La voix impériale était vraiment puissante : elle parvint sans mal jusque dans les jardins où campaient les réfugiés. Ceux-ci l'entendirent, mais ils ne l'interprétèrent pas comme l'expression un peu maladroite, un peu théâtrale aussi, de sa douleur, bien au contraire :

– Mais c'est Néron ! Il chante !

– J'ai perdu ma femme, mes enfants, et il chante !

– Il est dans son théâtre, il donne un nouveau récital !

Et puis quelqu'un, nul ne saura jamais qui, lança le premier :

– C'est lui qui a mis le feu !

L'accusation fut aussitôt reprise par tout le monde :

– Bien sûr que c'est lui. Il a fait cela uniquement pour se délecter du spectacle.

– Pour chanter nos malheurs !

– Il faut que tout Rome sache que c'est lui !

Et, en pleine nuit, une bonne partie des sinistrés partirent de la résidence impériale, tandis que l'empereur, inconscient de ce qui se passait, continuait ses trémolos sur la chute de Troie.

Le lendemain, sixième jour depuis le début de l'incendie, Lucius quitta la résidence impériale en direction du centre de la ville. Bien qu'il n'ait reçu aucune instruction de la part de Tigellin, il avait décidé de s'éloigner de l'entourage de l'empereur pour se rendre compte plus précisément de l'état de l'opinion. Il estimait, sûrement avec raison, que la présence du souverain et de ses soldats pouvait empêcher les gens de s'exprimer librement. Il prit le chemin du cimetière de Delia et il eut une surprise : les lieux étaient remplis de monde. Certains s'étaient construit des campements de fortune en toile ou en bois au milieu des tombes ; les plus privilégiés, sans doute les premiers arrivés, avaient occupé les rares monuments funéraires comportant une chambre.

Tout naturellement, Lucius se dirigea vers celle où il avait partagé ce repas de galettes avec la jeune femme.

Il n'avait cessé de penser à elle tout au long de ces jours dramatiques. Il regrettait de l'avoir quittée aussi brusquement, parce que l'attitude des autres chrétiens l'avait choqué. Il lui en demanderait pardon la prochaine fois qu'ils se verraient et ils ne se quitteraient plus. Se ferait-il chrétien ? Il ne savait pas encore, l'incendie lui posait des questions. Il ne comprenait pas comment un Dieu d'amour pouvait permettre de telles horreurs...

Il n'eut pas le loisir d'aller jusqu'à la chambre funéraire, car un violent incident se produisit en chemin. Comme tous les jours, selon une initiative de l'empereur, des esclaves de son personnel procédaient à une distribution gratuite de pains. Mais, à peine ceux-ci les eurent-ils sortis de leurs paniers, qu'ils furent pris à partie par la population :

– On n'en veut pas de votre pain, il est empoisonné !

Les esclaves tombèrent des nues.

– Quelle idée ! Qui aurait fait cela ?

– Néron, bien sûr, puisque c'est lui qui a mis le feu à Rome !

– Mais ce n'est pas vrai !

– Si, c'est vrai ! Il n'a pas chanté, hier soir ?

– Oui, mais...

Les échos de l'altercation s'entendirent dans le reste du cimetière. Un attroupement se forma. D'autres voix s'élevèrent :

– Mais il n'a pas mis le feu tout seul, Néron !

– Il a envoyé ses domestiques le faire pour lui.

– Ces gens qu'on prenait pour des pillards, c'était vous.

La scène risquait de tourner au massacre. Les esclaves impériaux étaient entourés de toutes parts et se rendaient compte avec horreur qu'on les accusait d'être les incendiaires. Abandonnant leurs corbeilles, ils s'enfuirent aussi vite qu'ils le purent et ce fut un miracle si aucun d'eux ne fut mis en pièces par la foule.

Lucius intervint. Il interrogea l'un des accusateurs les plus véhéments :

– Néron a chanté. Mais qu'est-ce que cela prouve ?

– Tu n'as pas compris ?

– J'avoue que non...

– Mais c'est pour cela qu'il a mis le feu à Rome, uniquement pour le plaisir de mettre le spectacle en musique.

– Il a peut-être chanté pour exprimer sa peine.

– Qu'est-ce que tu en sais ? Tu l'as entendu ?

– Oui, et il m'avait l'air triste.

– Qu'est-ce que tu faisais là-bas ? Tu es un de ses amis ?

À présent, c'était au tour de Lucius d'être entouré d'une foule agressive. Effaré, il voyait des visages menaçants se rapprocher de lui... La popularité de Néron s'était effondrée d'un seul coup, pour faire place à une véritable haine. Mais, pour l'instant, il devait désarmer l'hostilité qui se manifestait autour de lui, sans quoi, il risquait tout bonnement d'y rester.

– Qu'est-ce qu'il vous prend ? Je campais dans les jardins du Vatican. Je suis un réfugié comme vous. J'habitais près du Circus Maximus.

L'évocation du Circus Maximus, qu'on savait être l'endroit le plus touché, fit tomber la colère de ses interlocuteurs. Lucius reprit :

– Tout de même, j'ai du mal à vous croire. Son palais a brûlé, il paraît même qu'il n'en reste plus rien.

Mais, là encore, la réplique ne se fit pas attendre. Son premier interlocuteur eut un ricanement :

– Justement, il veut s'en construire un plus beau. Et à nos frais, bien entendu !

Un second Romain intervint avec plus de vivacité encore :

– Mais ce n'est pas seulement son palais, c'est tout Rome que Néron veut reconstruire de la manière qui lui plaît. Et il donnera son nom à la nouvelle ville. Ce ne sera plus Rome, ce sera Neropolis !

Au lieu de s'indigner avec les autres, Lucius eut le tort d'exprimer son scepticisme et, du coup, l'hostilité contre lui redoubla. Il se vit entouré d'un cercle menaçant. On l'accusait d'être un agent de l'empereur, ce qu'il était, d'ailleurs, effectivement. La situation menaçait de devenir très délicate. Il se demandait même s'il n'allait pas mourir de cette manière stupide, massacré par le peuple, lorsque quelqu'un arriva, tout essoufflé.

– Écoutez-moi, c'est terrible : le feu a pris sur le Pincio !

C'était effectivement une information des plus alarmantes. Le Pincio, une colline à l'extrémité nord de Rome, était resté jusque-là à l'écart de l'incendie. Ce nouveau foyer signifiait que la totalité de la ville allait peut-être disparaître. Mais l'homme n'en avait pas fini :

– Et il n'a pas pris n'importe où, le feu ! C'est chez Tigellin qu'il a commencé.

Du coup, ce fut contre le préfet du prétoire que la population se déchaîna. On l'accusait unanimement d'avoir incendié lui-même sa propriété pour aggraver le désastre.

– Cela n'a rien d'étonnant, il est pire que son maître !

– C'est son âme damnée !

Lucius profita de ce qu'on ne faisait plus attention à lui pour s'éclipser et regagner le Vatican... En chemin, il entendit d'autres anecdotes, toutes plus sinistres les unes que les autres, au sujet de l'empereur. On aurait dit qu'elles poussaient dans la ville comme des plantes vénéneuses. Un jour, en entendant citer le proverbe grec : « Après ma mort, que le feu dévore le monde », il aurait répondu : « Non, je tiens à voir cela de mon vivant. » Il aurait fait souvent observer que Priam était un heureux homme d'avoir vu flamber Troie au moment où son règne s'achevait. Bref, parce qu'il avait commis la faute de chanter sa douleur sur la terrasse de sa villa, Néron était devenu le prince le plus monstrueux que Rome ait connu.

Débordé de travail et, de surcroît, très affecté par l'incendie de sa propriété, qu'il venait d'apprendre, le préfet du prétoire avait donné l'ordre qu'on ne le dérange pas. Cela n'empêcha pas Lucius de forcer tous les barrages pour le retrouver. La nouvelle qu'il avait à lui annoncer était plus grave que tout. Effectivement, lorsqu'il l'apprit, Tigellin resta un long moment sans voix. Il finit par émerger de sa stupeur :

– Tout cela uniquement parce qu'il a chanté ? C'est incroyable !

– Il fallait au peuple un coupable. Le sort a voulu que ce soit lui.

Tigellin reposa la question qu'il avait posée la veille :

– D'après toi, une émeute est à craindre ?

– Elle a peut-être commencé...

– Je vais envoyer la troupe dans les rues. Il n'y a pas un instant à perdre.

Il donna ses ordres et pria Lucius de poursuivre. Celui-ci décida de ne rien lui cacher :

– Je suis au regret de te dire que tu n'es pas épargné. Ils t'accusent t'avoir incendié toi-même ta maison. Ils t'appellent son âme damnée.

– Cela va si loin que cela ?

– Malheureusement.

– En tout cas, nous allons essayer de cacher la situation à l'empereur. Je ne sais pas comment il réagirait. Nous lui apprendrons tout quand nous serons venus à bout de l'incendie.

Ce fut le troisième jour avant les calendes d'août[1], au matin, que les vigiles se rendirent enfin maîtres du sinistre. Il avait duré dix nuits et neuf jours. C'était l'heure du bilan et il était catastrophique. Sur les quatorze régions de la ville, trois avaient entièrement brûlé, sept avaient été fortement endommagées et seules quatre avaient été épargnées.

Une grande partie de la Rome monumentale était anéantie. Des édifices et des temples prestigieux avaient à jamais disparu, parmi lesquels le palais impérial, dont il ne restait plus que des gravats. On évaluait à dix mille le nombre d'immeubles détruits, auxquels il fallait ajouter plusieurs centaines de maisons individuelles. On comptait environ deux cent mille sinistrés, qui allaient devoir attendre des mois avant de retrouver un logement. Quant au nombre des victimes, il n'avait pu être calculé avec certitude ; elles étaient, selon le mot qu'avait employé le préfet des vigiles Flavius Sabinus, innombrables.

1. Le 29 juillet.

12

Les ennemis du genre humain

L'incendie de Rome était terminé depuis deux jours. Non seulement la canicule et le sirocco avaient cessé, mais il pleuvait, d'une grosse pluie d'été qui aurait tout éteint si elle était tombée un peu avant. À présent, elle semblait narguer tout le monde en redoublant d'intensité, alors qu'elle était inutile.

L'atmosphère était sinistre dans la résidence impériale du Vatican, d'autant qu'une conversation dramatique avait lieu entre Tigellin et Néron. Le préfet du prétoire avait décidé de révéler enfin à l'empereur les accusations que portait le peuple. L'autre préfet, celui des vigiles, était là, mais Lucius n'avait pas été convié à cette réunion... Tigellin rassembla tout son courage et prononça la phrase fatidique :

– Je ne peux pas te le cacher plus longtemps, César, les Romains disent que c'est toi l'auteur de l'incendie.

L'empereur accueillit la nouvelle avec stupeur. Son visage naturellement rubicond devint blême.

– Moi ? Mais comment peuvent-ils m'accuser d'une telle horreur ?

– À cause de ton chant sur la chute de Troie. Ils disent que tu as brûlé Rome pour te délecter du spectacle, te réjouir de leur malheur.

– Mais c'est monstrueux ! Je prenais part à leur peine, au contraire !

– Ils ne l'ont pas compris ainsi.

– Et ils ne m'ont pas vu au milieu d'eux ? Ils n'ont pas vu tout ce que j'ai fait pour eux ?

– Ils l'ont oublié.

– Et mon palais qui a brûlé ? J'ai perdu plus que tout le monde dans l'incendie. Je suis le premier sinistré de Rome.

– Ils disent que tu en construiras un autre plus grand en levant un impôt. Ils prétendent même que tu as voulu détruire Rome, pour la rebâtir en lui donnant ton nom.

Cette dernière accusation eut raison de l'empereur, qui s'affala sur un fauteuil et resta la bouche ouverte, cherchant en vain ses mots. Tigellin voulut apaiser un peu sa détresse :

– Tu n'es pas la seule victime. Moi aussi, je suis mis en cause. Ma propriété du Pincio est partie en fumée, eh bien, au lieu de me plaindre, ils racontent que j'ai mis le feu pour amplifier l'incendie... En tout cas, la situation est grave. Pour l'instant, mes hommes tiennent la ville, mais une émeute est à craindre, voire un soulèvement.

– Il faut leur dire la vérité, expliquer que c'est un accident.

– Cela ne suffira pas. Ils n'écouteraient pas ce genre de justification... J'ai bien réfléchi. Ce qu'il faudrait, c'est trouver un autre coupable. Seulement, l'accusation doit être assez vraisemblable pour qu'ils y croient.

– Quel individu serait assez monstrueux pour faire une chose pareille ?

– Je ne parle pas d'un homme, mais d'un groupe, d'une organisation.

Le préfet Flavius Sabinus, qui était resté silencieux jusque-là, intervint :

– Mes vigiles m'ont justement signalé des hommes et des femmes qui regardaient l'incendie en se réjouissant ouvertement. Si cela se trouve, ce sont eux les coupables.

– Peut-être. Où cela se passait-il ?

– Au nord, près de la via Nomentana et de la via Salaria.

Le préfet du prétoire était doué d'une excellente mémoire. Il se souvint immédiatement où il avait lu ces noms : dans le rapport qu'avait rédigé Lucius Gemellus sur les chrétiens.

– Je crois que nous tenons nos coupables, César : les chrétiens.

– Qui est-ce ?

– Une nouvelle religion. J'avais chargé Gemellus d'enquêter sur leur compte.

L'évocation de Lucius fit passer un bref sourire sur les lèvres de Néron.

– Tes oreilles et les miennes !

– Précisément... Ce sont des éléments asociaux, qui

pratiquent leur culte en secret et qui rejettent tous les dieux, y compris la personne de l'empereur. Le peuple accordera sûrement du crédit à ces accusations. Il déteste les nouvelles religions. Il s'est déchaîné contre elles, le jour des *Fordicidia.*

Néron se leva de son siège. L'énergie semblait lui être revenue.

– Je veux entendre Gemellus m'en parler. Qu'on le fasse venir.

Peu après, Lucius était en présence des trois hommes, un peu intrigué d'avoir été convoqué. L'empereur alla à sa rencontre et serra chaleureusement ses mains dans les siennes.

– Décidément, tu es un homme précieux, Gemellus ! Non seulement tu m'as aidé à remporter le concours, mais tu peux me délivrer des accusations odieuses que lance le peuple contre moi.

– J'en serais plus heureux que tout, César. En quoi faisant ?

– Il semblerait que les chrétiens soient les vrais coupables. Parle-moi d'eux.

Lucius devint aussi blême que Néron quelques instants plus tôt.

– Qu'est-ce que tu dis ?

– Tu as enquêté sur eux, à ce qu'il paraît. Comment sont-ils ?

– Mais ce ne sont pas eux, César !

Flavius Sabinus intervint :

– Moi, je pense que ce sont eux. Mes vigiles sont formels : ils ont regardé la ville brûler en souriant.

– C'est un malentendu. Moi aussi, je les ai vus. Mais c'est parce qu'ils croient que leur dieu doit revenir dans un grand embrasement. Ils se sont trompés. Ils ont mal interprété la prophétie.

Lucius se tourna vers Tigellin.

– Dans mon rapport, je prends leur défense, tu le sais bien. Ce sont les meilleurs des hommes. Ils sont animés uniquement par l'amour.

– Les meilleurs sont parfois capables du pire.

Désespéré, Lucius s'adressa à l'empereur :

– Je t'en supplie, César ! Si tu as quelque estime pour moi, écoute-moi. Ils sont innocents !

Mais le visage de Néron s'était fermé. Il prit la parole d'un ton tranchant :

– Je décide l'arrestation immédiate des chrétiens. Tigellin, tu t'en chargeras. Gemellus, tu l'accompagneras !

Peu après, Lucius faisait route vers le nord de Rome en compagnie du préfet du prétoire et de toute une cohorte de soldats, dans la désolation des régions dévastées par l'incendie. Il était anéanti par le coup qui venait de le frapper. Ainsi donc, toute l'attention qu'il avait prêtée aux chrétiens n'allait servir qu'à les faire arrêter ! Ces gens lui avaient apporté le plus précieux des réconforts, ils lui avaient délivré un message d'amour et d'espérance et il allait être l'instrument de leur malheur !

Et Delia, qu'allait penser Delia ? La réponse était, hélas, sans équivoque. Elle le prendrait pour le plus abominable des traîtres. Il y avait quelques instants encore, il pensait à elle. Il faisait des projets d'avenir. Mais tout cela n'existait plus. Il n'y avait plus d'avenir, il n'y avait plus de vie, il n'y avait plus rien !

Il aurait pu ne pas être là. Un instant, il avait eu la tentation de refuser de suivre le préfet du prétoire. Mais il s'agissait d'un ordre exprès de l'empereur et, malgré toute la sympathie qu'il avait pour lui, Tigellin aurait été contraint de l'arrêter. C'était cette dernière éventualité qui l'avait décidé. En prison, il n'aurait plus eu aucun moyen d'agir. Or il gardait l'espoir de faire encore quelque chose. Tandis qu'il cheminait, la tête baissée, la voix du préfet du prétoire le tira de ses pensés :

– Il n'y avait aucune autre solution, Gemellus.

– Tu ne comprends pas ? Ils sont innocents !

– Ils le sont sans doute. Mais l'empereur aussi. Il s'agit de remplacer un innocent par d'autres.

– On ne peut pas dire que le feu était accidentel ?

– Non. Le peuple veut des coupables. Il faut lui en donner.

– Comment peut-on être aussi insensible que toi ?

– J'ai en charge la politique du pays. Je ne pense même pas à Néron, je pense à l'État. Il faut préserver l'État...

Peu après, les soldats fouillaient les maisons du quartier. Sans grand espoir, Lucius avait refusé de dire où se trouvait la maison de Paul. Il prétendait ne pas s'en souvenir. Mais cela ne servit à rien. Les légionnaires investirent bientôt les lieux et en firent sortir les occupants. Ils étaient nombreux, près d'une centaine. Par comble de malchance, on était un dimanche, ils étaient en train de célébrer leur culte hebdomadaire ; toute la communauté chrétienne du quartier était prise au piège.

Lucius essaya de se faire aussi discret que possible, mais tous le virent, tous le reconnurent et détournèrent les yeux avec mépris. Et puis, ce fut au tour de Delia de sortir de la maison entre deux soldats. Leurs regards se croisèrent. Une horreur sans nom se lut dans celui de la jeune femme. Elle tressaillit de tout son corps et se prit la tête dans les mains. Lucius se précipita. Elle leva vers lui un visage où coulaient déjà les larmes.

– C'était cela, l'Ombrie ?

– Écoute-moi. Il faut que je t'explique !

– Ce n'est pas la peine, j'ai compris. Tu es un homme de parole, Lucius.

– Ne te moque pas de moi !

– Je ne me moque pas de toi. Tu m'as dit que je saurais tout la prochaine fois que nous nous verrions. Je sais tout.

– Delia...

Mais il ne put rien ajouter. Les soldats s'étaient saisis d'elle et l'emmenaient avec les autres.

Les prisons n'étaient pas nombreuses à Rome, l'incarcération ne faisant pas partie du système pénal romain.

Les seules sanctions étaient les amendes, les châtiments corporels comme le fouet et, bien sûr, la peine de mort. Dans ces conditions, les prisons ne servaient qu'à abriter les personnes en attente de leur jugement, elles n'étaient que des lieux de passage. La plus importante d'entre elles, la prison Mamertine, ou Tullianum, était creusée dans des carrières sous le Capitole, une région qui avait été épargnée par l'incendie. C'était un endroit particulièrement sinistre où certains chefs étrangers vaincus avaient été exécutés en secret. Vercingétorix était le plus illustre d'entre eux.

Les chrétiens ne provenaient pas tous de la maison de Paul. D'autres renseignements et dénonciations avaient permis d'en arrêter dans toute la ville. En tout, ils étaient environ trois cents, répartis dans trois gigantesques cellules en forme de cloche, très hautes de plafond au centre et très basses aux extrémités. C'était là qu'ils attendaient leur sort.

Dans la première d'entre elles, les prisonniers s'étaient groupés autour de Pierre et de Paul. Ils étaient abattus, mais c'était moins à cause de leur situation présente que de l'incendie. Ils avaient tous cru que c'était le signe du retour de Jésus sur terre. À présent, ils devaient reconnaître qu'il n'en était rien et leur déception était immense. Paul se mit en devoir de les réconforter. Il allait de l'un à l'autre, de sa démarche disgracieuse, sur ses jambes arquées, répondant aux questions.

– Ce n'était donc pas le grand embrasement ?

– Cela ne veut pas dire que le Seigneur ait renoncé à venir. Il le fera un jour, plus tard.

– Nous ne serons plus là.

– Nous serons morts, mais il a dit qu'il viendrait pour sauver les vivants et les morts.

– En attendant, qu'allons-nous devenir ?

– Des martyrs, c'est-à-dire des témoins.

– De quoi veux-tu que nous témoignions ?

– De notre certitude en la vie éternelle. Nous montrerons à tous que la souffrance et la mort ne sont pas une épreuve, mais une récompense.

Ces paroles eurent le don d'enflammer les courages. En un instant, ils étaient tous prêts au sacrifice. Honorius, le médecin, prit la parole, il n'y avait pas d'amertume dans sa voix, simplement une grande surprise :

– Pourquoi ce jeune homme nous a-t-il trahis ?

– Parce que Dieu l'a voulu. C'est lui qui l'a mis sur notre chemin.

– Je ne l'aurais jamais soupçonné. Il avait l'air si sincère !

– Moi, j'ai eu des doutes.

– Alors, pourquoi n'as-tu rien dit ?

– Il fallait que la volonté du Seigneur s'accomplisse. Pourquoi a-t-il permis que Judas le trahisse ? Pour mourir sur la croix et racheter les péchés des hommes.

On se tourna vers Pierre.

– Toi, tu as connu Judas. Comment était-il ?

– C'était le plus aimable et le plus gai des compagnons. Personne ne se serait méfié de lui.

Les chrétiens demandèrent alors à Pierre, le seul d'entre eux qui l'ait connu, de leur parler de Jésus. Ils multiplièrent les questions et l'apôtre leur répondit. Entendre ainsi évoquer la vie du Seigneur leur donnait des forces et du courage... Ils s'étaient tous groupés au centre de la cellule où le plafond était si haut qu'on le voyait à peine et où s'ouvrait l'unique soupirail. Une seule personne était restée à l'écart. Delia s'était repliée sur elle-même à l'extrémité, là où la voûte prenait naissance et où on ne pouvait pas se tenir debout, et elle pleurait en silence...

La lourde porte s'ouvrit en grinçant. Une troupe de soldats fit irruption. Un officier lança d'une voix brutale :

– Il y a des citoyens romains, ici ?

Une douzaine de chrétiens, dont Paul, s'avancèrent ; tous les autres étaient des étrangers, des affranchis ou des esclaves. Paul donna brièvement l'accolade à Pierre, le Galiléen ; Honorius et sa femme embrassèrent leur petite domestique Caria. L'officier fit mettre un terme à ces manifestations, puis ricana à l'attention du petit groupe qui venait de se former :

– Vous avez de la chance ! Comme citoyens, vous ne pouvez pas être soumis aux tortures et aux supplices...

Il se tourna vers le reste des chrétiens.

– Lequel d'entre vous est Pierre ?

Ce dernier s'avança à son tour.

– Toi, suis-moi ! Les autres, en route !

Ils quittèrent la cellule. Les citoyens, les non-citoyens et Pierre partirent dans trois directions différentes.

Les citoyens furent conduits dans une autre cellule de la prison Mamertine, à un étage plus élevé. Elle était plus confortable, moins sinistre. Une fenêtre munie de barreaux donnait sur les premières pentes du Capitole. Les lieux n'avaient pas été touchés par l'incendie : pour un peu, on aurait eu l'illusion que le drame n'avait pas eu lieu. Honorius demanda à Paul :

– Qu'allons-nous faire, maintenant ?

– Prier.

– Pour le sort qui nous attend ?

– Non, pour nos frères et nos sœurs qui sont en ce moment dans la souffrance.

Tous s'agenouillèrent et dirent la seule prière qui existait dans la nouvelle religion : le « Notre Père ». Lorsqu'elle fut terminée, ils la recommencèrent et ainsi de suite toute la journée.

Un peu plus bas, dans la salle prévue à cet effet, les tortures avaient commencé. Elles étaient dirigées par le préfet du prétoire en personne. Il voulait avoir les aveux des chrétiens, quoique ceux-ci ne fussent pas indispensables : aveux ou pas, de toute manière, leur sort était scellé.

Dès le début, tous reconnurent s'être réjouis de l'incendie. Tigellin pensa qu'ils allaient continuer leurs révélations, mais ils dirent alors ce que Lucius Gemellus avait dit lui-même : le Christ avait annoncé qu'il reviendrait sur terre dans un grand embrasement, ils s'étaient trompés en interprétant la prophétie. Ensuite, le bourreau eut beau multiplier les supplices, ils se bornèrent à proclamer leur foi et à affirmer leur innocence. Dépité, Tigellin donna l'ordre qu'on les raccompagne dans leur cellule et alla trouver Pierre...

Il l'avait fait mettre à part en raison du rapport de Lucius, qui précisait que lui seul avait été un des compagnons du Christ. Lucius, d'ailleurs, ne disait que du bien de lui, comme des autres chrétiens. Mais le préfet du prétoire pensait que, pour avoir côtoyé celui qui était considéré comme leur dieu, il devait exercer des responsabilités particulières.

Tigellin se rendit dans sa cellule en compagnie du bourreau et commença l'interrogatoire :

– Quel était ton métier avant de rencontrer ce Jésus-Christ ?

– J'étais pêcheur sur le lac Tibériade.

– Pourquoi es-tu venu à Rome ?

– Pour annoncer à tous la Bonne Nouvelle.

– Tu as été le compagnon de votre dieu. C'est donc toi le chef de votre Église.

– Je ne suis qu'un fidèle parmi d'autres. Nous n'avons d'autre chef que le Christ...

Les coups se mirent à pleuvoir, mais Pierre tint bon. L'interrogatoire dura toute la journée, mais, quand Tigellin quitta la prison Mamertine pour regagner le Vatican, il n'avait pas obtenu le moindre aveu des chrétiens.

Arrivé dans la villa impériale il alla immédiatement trouver Néron. Ce dernier l'attendait avec impatience.

– Alors, ils ont avoué ?

– Non, mais ce sont eux, n'en doute pas. Ils aspirent à la fin du monde et à la destruction de Rome. Ils ont regardé avec extase mourir des milliers de leurs contemporains. Ces gens-là sont capables de tout. Ce sont les ennemis du genre humain.

L'empereur approuva. Cela ne l'empêchait pas de garder une mine préoccupée.

– Aucun d'eux n'a été surpris en train d'allumer le feu ? On n'a retrouvé chez eux aucun produit incendiaire ?

– Non, mais quelle importance ?

– C'est vis-à-vis du peuple. Les choses seraient plus convaincantes si nous pouvions expliquer comment ils ont agi.

– Eh bien, je vais te le dire. Ils ont agi par magie. Ils connaissent sûrement des formules capables d'attirer les forces infernales. Tu sais ce que dit le peuple à propos de leurs réunions secrètes ? Qu'ils font des sacrifices humains et qu'ils mangent leurs victimes.

– Gemellus n'a rien découvert de tel.

– Cela ne nous empêche pas de répandre le bruit…

Néron se mit à sourire.

– Tu as raison. C'est ce qu'il faut faire…

Soudain détendu, il demanda presque joyeusement à son préfet du prétoire :

– As-tu pensé à leur exécution ?

– Pas encore, mais je vais y réfléchir.

– Ce n'est pas la peine, moi, j'y ai pensé. À cause de l'incendie, les fêtes de Vénus n'ont pu avoir lieu fin juillet. Nous allons les remplacer par l'exécution des chrétiens. Mais il faudra des supplices raffinés. Les Romains adorent les spectacles sanglants. À la suite de cela, je suis sûr de retrouver ma popularité.

– Oui, mais les lieux de spectacle ont brûlé.

– Pas ici ! C'est ici que cela aura lieu, dans le théâtre et sur le champ de courses. Il suffira de faire les aménagements nécessaires. Et, à cette occasion, j'ai eu une grande idée. Tu vas être le premier à la connaître.

– C'est un immense honneur que tu me fais.

– Je vais en profiter pour donner une course de chars à laquelle je participerai. Après m'avoir entendu chanter, le peuple me verra courir. Tu ne crois pas que c'est le meilleur moyen de retrouver ma popularité ?

– Certainement, César.

– Le peuple ne dit-il pas que ma voix égale celle d'Apollon ? Eh bien, après cela, il dira que je conduis mon char aussi bien qu'il conduit celui du soleil. Et il m'aimera de nouveau, Tigellin, il m'aimera comme avant, il m'aimera plus qu'avant !

Néron ferma les yeux. Il était repris par son exaltation naturelle. Il avait oublié le cauchemar de l'incendie et ses suites. Il retrouvait l'état d'esprit qui était le sien pendant le concours.

– Je fixe comme date le deuxième jour d'août et je te charge de l'organisation. Fais en sorte que tout le monde soit informé, que tout Rome y vienne. Mais surtout, que personne ne sache que je vais courir. La chose doit rester secrète. Ce sera une surprise, le clou de la fête !

– Tu peux compter sur moi, César.

– Maintenant, je vais m'entraîner. Le pire serait que je ne me montre pas à la hauteur. Il me reste deux jours. Crois-tu que ce sera suffisant ?

– Quelle inquiétude peux-tu avoir ? Tu es un nouvel Apollon. Tu es aussi doué pour les chars que pour le chant.

Néron eut un large sourire et partit en direction de l'hippodrome. Il était si pressé qu'il se mit à courir.

Le lendemain, les prisonniers chrétiens, à l'exception de ceux qui avaient la citoyenneté romaine, furent transférés de la prison Mamertine à la résidence impériale du Vatican. Ses sous-sols avaient été hâtivement transformés pour les accueillir jusqu'à leur peine.

Tigellin était en train de donner des ordres aux uns et aux autres, lorsqu'il aperçut Lucius un peu plus loin. Il tint à aller lui dire quelques mots :

– Tu sais que c'est ici que les chrétiens vont être suppliciés ?

– Je le sais. Je viens de les voir arriver.

– Tu n'es pas obligé d'assister au spectacle. Je sais que tu as de la sympathie pour eux.

– J'ai de la sympathie pour eux, mais cela n'a rien à voir avec les sentiments que j'ai pour Néron. Si c'est le prix à payer pour qu'il retrouve sa popularité, il n'y a pas à hésiter.

Tigellin lui tapa amicalement sur l'épaule.

– Je suis heureux de te trouver dans ces dispositions d'esprit, Gemellus ! Tu as vu que tu étais toujours le favori de l'empereur ? Si tu sais être adroit, tu peux aller loin !

Lucius hocha la tête, remercia le préfet de ses paroles et quitta la résidence impériale. Il se mit à errer dans les rues. Il avait besoin d'être seul pour réfléchir.

Il avait menti, bien entendu. Il fallait que Tigellin le croie d'accord avec lui pour qu'il ne se méfie pas. Mais il avait décidé d'agir. Il ne pouvait pas laisser Delia aller à la mort à cause de lui. À vrai dire, les moyens d'action ne lui manquaient pas. En tant qu'homme de confiance de préfet du prétoire, il était connu de tous ses officiers, il pouvait se déplacer partout sans éveiller la méfiance et sa faveur auprès Néron était également un atout non négligeable...

Les rues de cette partie de Rome, sur la rive droite du Tibre, étaient encombrées de réfugiés et surpeuplées. Beaucoup étaient entassés dans les temples et les bâtiments publics. Par réflexe professionnel, Lucius laissa traîner ses oreilles et les propos qu'il surprit étaient toujours aussi hostiles à Néron. Ce dernier aurait bien du mal à reconquérir le peuple. Mais il cessa aussitôt d'écouter. Il n'était plus l'agent de Tigellin, tout cela était fini à jamais.

Soudain les crieurs publics se répandirent dans les rues

pour une proclamation au nom de l'empereur. Ils annonçaient le supplice des chrétiens la deuxième journée d'août et ils donnaient le menu des supplices : certains seraient livrés aux bêtes, d'autres crucifiés, d'autres transformés en torches vivantes...

Lucius n'en entendit pas davantage. Il fit demi-tour et prit à pas pressés la direction du Vatican. Un seul nom, une seule pensée l'occupait tout entier : Delia.

13

Les premiers témoins

L'aube du deuxième jour d'août, le mois consacré à Auguste, venait tout juste de poindre, lorsque les soldats firent irruption dans la cellule qu'occupaient Paul et la douzaine de citoyens romains. Non seulement ils n'avaient pas été torturés, mais ils avaient été à peine interrogés. On leur avait juste demandé leur identité et s'ils reconnaissaient être chrétiens, ce qu'ils n'avaient pas cherché à nier, après quoi on les avait laissés tranquilles. Maintenant, le moment suprême était arrivé.

Le même officier qui avait fait irruption lorsqu'ils étaient tous ensemble dans la cellule voûtée commandait le détachement. Il leur dit simplement :

– Suivez-moi.

Il s'était exprimé sans brutalité, presque avec respect. Même condamné à mort et sur le point d'être exécuté, un Romain restait un Romain… La petite troupe n'alla pas loin. Une fois passées les portes de la prison Mamertine, elle descendit la rue qui gravissait le Capitole et s'arrêta au début de la montée, juste devant le Forum.

C'était là que le bourreau les attendait, une épée à la main. Paul et ses compagnons allaient être décapités, le mode d'exécution le plus digne, après le suicide sur ordre ; les autres supplices, comme les bêtes ou la croix, étaient considérés comme infamants et ne pouvaient en aucun cas être appliqués à un citoyen.

Paul demanda à passer le premier. Il se tourna vers le soleil levant, s'agenouilla, tendit le cou et prononça :

– Père, je remets mon esprit entre Tes mains.

Sa tête roula d'un seul coup sur le sol. À sa suite, tous les autres moururent avec le même calme et le même courage. Ils étaient les premiers martyrs, pour reprendre ce mot grec qu'avait employé Paul et qui signifiait « témoin ». Ils étaient les premiers témoins de leur foi, pour leurs contemporains et les générations futures.

Lucius se félicitait que les chrétiens aient été transférés dans le sous-sol de la villa vaticane. S'ils étaient restés à la prison Mamertine, il n'aurait rien pu entreprendre, tandis qu'au Vatican il connaissait parfaitement les lieux et il pouvait s'y déplacer sans attirer l'attention. Il avait mis son plan au point. Il s'agissait de desceller l'un des soupiraux et de s'introduire dans le sous-sol. Après quoi, il irait trouver Delia et tenterait de la convaincre de s'enfuir avec lui. Avec la confusion qui régnait lors de ces journées agitées, ils parviendraient à quitter Rome sans se faire remarquer. Où iraient-ils après ? Il serait toujours temps d'aviser.

Dans les jardins du Vatican, les chantiers ne manquaient pas, notamment en raison des transformations qu'on venait de faire à la hâte pour les supplices : il n'eut aucun mal à s'emparer d'un marteau et d'un ciseau à froid. Il attendit la nuit pour se mettre au travail et, se dissimulant de son mieux, entreprit d'attaquer la maçonnerie. Il pensait arriver assez rapidement à ses fins, mais il dut déchanter. Il était obligé de s'arrêter fréquemment en raison des nombreuses rondes. De plus, pour ne pas donner l'éveil, il s'abstenait de frapper trop fort, ce qui retardait son travail. Les heures se succédèrent ainsi et il commença à voir avec terreur le ciel blanchir. Il décida alors de prendre tous les risques, quitte à se faire découvrir. Il donna des coups vigoureux de son marteau et, cette fois, les barreaux se mirent à chanceler. Il les agrippa à pleines mains et les secoua de toutes ses forces. Il se retint de pousser un cri de victoire : ils venaient de céder d'un coup.

Tout à son effort, il avait négligé de s'intéresser à ce qui se passait derrière lui, notamment à son marteau qu'il avait posé sur le sol. Il entendit un sifflement dans son dos. Instinctivement, il baissa la tête, ce qui ne l'empêcha pas de ressentir une violente douleur à la nuque et de sombrer dans un brouillard noir.

Il reprit conscience presque aussitôt. Le fait de se pencher en avant et d'accompagner le coup lui avait évité d'être assommé. Il ouvrit les yeux : un homme était agenouillé près de lui. Ce n'était pas un soldat, comme on aurait pu le croire, mais un civil ; il était en train de l'examiner, se demandant s'il était mort. Lucius vit qu'il portait un poignard à la ceinture et il agit avec une rapidité foudroyante. Il s'en empara, bondit et le lui posa sur la gorge. Son agresseur, qui le croyait inconscient, n'avait pas esquissé un geste. En même temps, Lucius le reconnut : c'était lui qui avait essayé de le précipiter dans la cage aux fauves, lorsqu'il était allé chez Paul. Il était sur le point d'enfoncer la lame, lorsqu'il se retint. Bien sûr, le temps était compté pour sauver Delia, mais il avait enfin à sa merci l'un de ses mystérieux agresseurs, il serait dommage de ne pas essayer de savoir la vérité. Il lança d'une voix impitoyable :

– Parle !

L'homme n'était pas un héros : ses yeux étaient exorbités, il tremblait de tous ses membres.

– Si je parle, tu me laisseras la vie sauve ?

– Tu as ma promesse. Qui est ton maître ? Pourquoi veut-il ma mort ?

Lucius s'attendait à l'entendre citer Trimalcion ou quelqu'un d'autre de l'entourage de Pétrone, mais ce fut un autre nom qui sortit des lèvres tremblantes :

– Caius Pison.

Caius Calpurnius Pison, l'austère sénateur aux cheveux gris, l'amateur d'art et de théâtre, l'ami de Néron ! Lucius revoyait son visage intelligent et distingué. Que venait-il faire dans cette histoire ?... Il n'eut pas à poser la question, son complice le renseigna de lui-même :

– Il prépare un complot contre l'empereur. Il avait

peur, maintenant que tu es à ses côtés, que tu découvres la vérité.

Lucius était si étonné qu'il relâcha son étreinte et que l'homme parvint à se dégager. L'instant d'après, il avait disparu... Lucius jeta le poignard. Tout cela n'avait plus d'importance, mais il était heureux d'avoir résolu l'énigme. Il s'engouffra dans le soupirail, remit les barreaux en place et s'avança dans le sous-sol de la villa vaticane.

Les lieux étaient très sombres et il mit un certain temps avant de se repérer. Il avait emporté ses outils, ce qui lui fut précieux, car il eut encore une porte à forcer avant d'arriver sur place... Les chrétiens étaient réunis dans une seule grande pièce transformée en cellule. La plupart dormaient encore. Il s'avança. Ceux qui étaient éveillés ne firent pas attention à lui. Ils le prirent pour l'un des leurs. Il faut dire qu'il ne payait guère de mine avec ses vêtements froissés et maculés de poussière ; de plus, il avait la tête couverte de sang.

Son cœur fit soudain un bond : c'était elle ! Elle était agenouillée, en train de réciter des prières. Il se précipita et eut un mouvement de recul : son visage était parcouru de longues traces rouges, son œil droit était tout bleu et fermé. En le reconnaissant, elle eut un air de surprise et de dégoût.

– Toi aussi, tu viens m'interroger ?

– Pas du tout. Je viens te sauver, au contraire !

– Je ne parlerai pas. Tu perds ton temps. Va le dire à ceux qui t'envoient.

– Personne ne m'envoie. J'ai forcé un soupirail et une porte pour venir jusqu'à toi. Je ne suis pas avec eux, je suis avec toi. Il faut que tu me croies, Delia ! Je te supplie de me croire !

– Va-t'en ! J'ai besoin de me recueillir et de prier.

– Écoute-moi, au moins, écoute-moi !

Pour toute réponse, Delia entama le « Notre Père ». Mais Lucius parla quand même. Il lui raconta tout. Comment il avait sauvé le préfet du prétoire d'une attaque de brigands et comment ce dernier l'avait pris à son service pour le remercier. C'était ainsi qu'il avait été amené à enquêter chez les chrétiens. Il avait rendu sur eux un rapport entièrement favorable. Malheureusement, Néron, accusé par le peuple d'avoir mis le feu à Rome, avait décidé de se servir d'eux comme coupables. Il avait tout fait pour l'en empêcher, mais il n'avait pas pu...

Delia cessa ses prières. Elle le regarda longuement. Il mit dans sa voix toute la conviction dont il était capable :

– Crois-moi, Delia ! Dis-moi que tu me crois !

– Je te crois.

– C'est vrai ?

– Rappelle-toi quand j'ai bu le vin chez Paul. Avant, je ne croyais pas, à ce moment-là, j'ai cru. Maintenant, je te crois.

Il y eut un moment de silence. Il posa sa main sur la sienne. Elle se dégagea doucement.

– Non, j'ai besoin de sérénité... Merci d'être venu me

dire tout cela, Lucius. J'étais si malheureuse ! Je vais pouvoir mourir en paix.

– Mais je ne suis pas venu pour te parler. Je suis venu pour te faire évader.

– Comment ?

– Je connais le moyen de sortir d'ici. Nous allons fuir loin de Rome et nous vivrons heureux.

La jeune femme secoua négativement la tête. Elle esquissa en même temps un sourire.

– Moi aussi, j'aurais passé avec joie ma vie avec toi, mais Dieu en a décidé autrement. Il faut lui obéir.

– C'est nous qui décidons, nous seuls !

– Non...

Elle lui désigna les prisonniers tout autour, qui étaient en train de se réveiller et de se lever. Ils allaient s'embrasser les uns les autres, s'exhortant mutuellement au courage.

– Et eux, peux-tu les faire évader ?

– Non, bien sûr. Tous, ce n'est pas possible, ils seraient repris.

– Alors, crois-tu que je peux les abandonner ? Je suis chrétienne, Lucius...

Il y eut, de nouveau, un silence. Sans se l'avouer, Lucius s'était attendu à cette réaction de Delia et il avait pensé à ce qu'il ferait dans ce cas. Le moment était donc venu. Il savait qu'il ne faiblirait pas.

– Alors, je reste.

– Tu es fou ?

– Je reste avec vous. Je veux partager votre sort.

– Mais nous allons mourir !

– C'est ce que je veux. Je ne peux pas accepter la vie sans toi. Si tu meurs, je meurs aussi.

– Cela n'a pas de sens ! Tu n'es pas baptisé. Tu n'as aucune raison de subir le martyre.

– Alors, baptise-moi !

– Qu'est-ce que tu dis ?

– N'importe quel chrétien peut donner le baptême à un autre chrétien. Je le sais, c'est Paul qui me l'a dit.

Lucius fit quelques pas et ramassa une écuelle, au fond de laquelle restait un peu d'eau qu'on avait distribuée parcimonieusement aux prisonniers. Il la lui tendit.

– Baptise-moi !

– Mais je ne peux pas...

– Tu le peux. Baptise-moi !

Les autres prisonniers avaient fini par entendre leur dialogue et, tout autour d'eux, on commençait à s'attrouper. Ceux qui faisaient partie de l'entourage de Paul et de Pierre avaient reconnu Lucius. Ils voyaient celui qui les avait trahis venir parmi eux pour demander le baptême. Ils ne comprenaient pas, mais il n'y avait rien à comprendre. C'était un miracle, la manifestation de la toute-puissance de Dieu, au moment où ils allaient paraître devant lui.

Delia s'approcha de Lucius. Elle tremblait. À présent, tous les chrétiens étaient groupés autour d'eux. Elle prononça d'une voix hésitante :

– Lucius, crois-tu que le Christ est le Seigneur ?

– Je le crois.

– Crois-tu qu'il ait ressuscité d'entre les morts ?

– Je le crois.

Il baissa la tête. Delia éleva l'écuelle et l'inclina trois fois au-dessus de son front.

– Je te baptise, au nom du Père, du Fils et du Saint-Esprit.

La cérémonie était terminée. Comme lors du baptême de Delia, les autres chrétiens s'apprêtaient à aller embrasser Lucius pour l'accueillir parmi eux, mais ils n'en eurent pas le temps. À ce moment précis, les portes s'ouvrirent avec fracas, livrant le passage à une nuée de soldats. C'était l'heure !

Lucius se passa la main sur la nuque. Il espérait qu'un peu de sang coulerait encore. Il s'en barbouillerait le visage, ce qui lui permettrait de dissimuler ses traits. Beaucoup le connaissaient ici. S'ils le voyaient, ils iraient rapporter la chose à Tigellin et à Néron, qui ordonnerait vraisemblablement qu'on le libère. Bien sûr, il refuserait, mais tout cela créerait des complications inutiles... Malheureusement, la plaie avait séché. Lucius se demanda ce qu'il devait faire, peut-être s'enduire de poussière, voire se blesser avec quelque chose. Mais il n'eut pas le temps de s'interroger davantage. L'officier qui commandait les opérations hurla ses ordres :

– Séparez-les en trois : les bêtes à droite, les crucifiés au milieu, les torches à gauche.

Tout en disant cela, l'homme s'approcha de lui. C'était un officier supérieur, un des proches de Tigellin. Lucius se jeta dans les bras de Delia et plaqua son visage contre le sien. Elle se méprit :

– Lucius, je t'en prie, sois courageux...

– Ce n'est pas cela. Il ne faut pas qu'il me voie.

– Vous vous connaissez ?

– Très bien...

Les soldats s'emparèrent brutalement des prisonniers pour les répartir en trois groupes. Lucius et Delia, qui ne s'étaient pas lâchés, se retrouvèrent dans le dernier, celui des torches vivantes. L'officier n'étant pas loin, Lucius resta contre sa compagne. Il lui murmura à l'oreille.

– Nous n'aurons échangé qu'un seul baiser, le jour de ton baptême.

– C'est plus beau ainsi, tu ne trouves pas ?

– Je ne sais pas... Je ne regrette rien.

L'officier s'éloigna. À présent, des esclaves apportaient les instruments et les ornements de leur supplice. Les condamnés aux bêtes furent enveloppés des pieds à la tête dans des dépouilles d'animaux, qui leur faisaient une sorte de manteau. Après quoi, on leur attacha les mains derrière le dos.

Les condamnés à la croix furent déshabillés et revêtus seulement d'un pagne, de sorte que les femmes conservèrent les seins nus. L'organisateur des supplices, peut-être l'empereur en personne, avait dû faire ce choix pour plaire au peuple. Si les suppliciés avaient été tout nus, il aurait pu trouver cette vision obscène, tandis qu'ainsi, le spectacle gardait sa dignité, tout en ayant quelque chose d'affriolant.

Ceux du groupe de Lucius et Delia, enfin, furent revêtus de la *tunica molesta*, la « fâcheuse », la « méchante tunique », une robe de tissu grossier recouvert de résine et de poix, sur laquelle étaient collées diverses matières inflammables : de l'étoupe, du liège. L'un des soldats chargés de les habiller partit d'un grand rire.

– Vous avez de la chance : ce soir, vous serez transformés en cendre. Tandis que ceux-là...

Il montra le groupe des condamnés aux bêtes.

– Ce sera en crottes de chien !

Ses collègues s'esclaffèrent bruyamment. Celui qui liait les mains de Lucius dans le dos, après lui avoir mis sa tunique, riait tellement qu'il avait du mal à faire son nœud.

Peu après, les uns et les autres sortirent du sous-sol et se retrouvèrent à l'air libre. Le supplice des chrétiens, comme tous ceux du même genre, commençait par le défilé des condamnés attachés les uns derrière les autres et exhibés au public. Normalement, ils portaient autour du cou une pancarte, sur laquelle était affiché le crime de chacun. Cette fois, ce n'était pas nécessaire : ils étaient tous accusés du même, avoir incendié Rome. Lucius allait devant Delia. Il le regrettait, il aurait aimé la voir, cela l'aurait réconforté. Il se consolait en se disant que c'était lui qui offrait ce réconfort à la jeune femme.

Le cortège prit la direction du théâtre où allaient avoir lieu les premiers supplices. Ils étaient environ trois cents, répartis en groupes à peu près égaux, allant à la file. Les premiers étaient les plus extraordinaires. Les condamnés aux bêtes avaient l'air de sortir de quelque ménagerie. Les hommes portaient des dépouilles d'ours, de lion ou de tigre, les femmes, des peaux de panthère ou de lionne. Chacun avait sur la tête la gueule de l'animal et le tableau qu'ils formaient était saisissant. Allaient ensuite les futurs crucifiés, dont la partie féminine était censée exciter la populace. Fermant la marche, la masse noire des torches vivantes clôturait le défilé par une note sinistre. Ces silhouettes sombres ressemblaient à des spectres ; elles étaient l'image de la mort qui allait s'abattre tant de fois au cours de la journée.

Mais, si les trois groupes étaient différents d'aspect, les condamnés étaient identiques par leur comportement. Ils marchaient d'un pas ferme, la tête haute. Ainsi que Paul le leur avait demandé, ils allaient témoigner de leur foi aux yeux de tous. Outre les soldats, ils étaient escortés de valets armés d'un fouet et ceux-ci les regardaient, stupéfaits. Ils n'avaient pas à intervenir : c'était la première fois !

La tête du défilé arriva dans le théâtre, où le public l'attendait. Un filet avait été dressé autour de la scène pour protéger des bêtes sans gêner la vision. Les gradins étaient combles... Le spectacle des hommes et des femmes vêtus de peaux de bêtes déchaîna les bravos, celui des condamnées demi-nues déclencha, comme prévu, des rires égrillards, et puis, peu à peu, rires et bravos cessèrent pour faire place à des exclamations de surprise.

Qu'est-ce que cela voulait dire ? On avait l'habitude de voir de pauvres bougres, qu'ils soient assassins, voleurs ou esclaves en fuite, crier leur terreur et leur désespoir devant le sort qui les attendait. Ces chrétiens, au contraire, marchaient normalement, sans faiblesse, mais sans affectation non plus, comme s'ils se trouvaient dans n'importe quelle circonstance de la vie quotidienne. Ils leur souriaient et ils s'adressaient à eux ; ils leur parlaient de bonne nouvelle, de résurrection, de vie éternelle. Du coup, on en oublia les peaux de bêtes et les seins nus. Qui étaient ces gens ? Ce cortège, qui aurait dû être lamentable, devenait un défilé de héros. D'où venait la force qui habitait ces hommes et ces femmes de tous âges ? Étaient-ce vraiment eux, les odieux incendiaires responsables de leur malheur ?

Lucius pénétra à son tour dans le théâtre. Il eut, un instant, le souvenir de la première fois où il était venu dans ces lieux : Tigellin, sur scène, dirigeait alors la claque installée sur les gradins. C'était si proche et si loin en même temps ! Il revint à la réalité pour faire une stupéfiante constatation : le public était muet ou presque. Malgré les circonstances, malgré la mort qui l'attendait, ses réflexes professionnels reprirent le dessus. Ce silence était plus éloquent que tous les discours. Le peuple ne croyait pas à la culpabilité de ceux qu'on lui désignait comme responsables ; pour lui, le seul auteur de l'incendie restait Néron.

Néron !... Lucius se rendit compte qu'il arrivait devant la tribune impériale. Il détourna prestement la tête pour qu'on ne puisse pas l'apercevoir et continua à défiler de cette manière. Ainsi, il ne voyait plus le public, mais il l'entendait toujours. À présent, des cris éclataient un peu partout sur les gradins :

– Ce ne sont pas eux !... Ils sont innocents !

Le peuple n'en disait pas plus, à cause de la présence des nombreux soldats, mais il n'y avait aucun doute sur celui que visaient ses accusations... Comme pour faire diversion, peut-être sur un signe de l'empereur lui-même, les trompettes sonnèrent, annonçant le début des supplices. Les condamnés portant les peaux de bêtes furent conduits sur la scène, on referma les filets derrière eux et on lâcha les bêtes.

Les autres condamnés assistaient eux aussi au spectacle ; voir la souffrance et la mort de leurs compagnons était une épreuve supplémentaire qui leur était infligée. Tous poussèrent un cri d'horreur : ce n'étaient pas des lions ou des tigres qui débouchaient des cages aménagées dans les coulisses, mais d'énormes molosses. Lucius comprit alors pourquoi le soldat, tout à l'heure, avait parlé de chiens. L'empereur avait fait preuve envers les malheureux d'une cruauté sans précédent. Alors que les fauves procurent une mort sanglante, mais rapide, ils allaient être déchirés peu à peu par les morsures et connaître une interminable agonie.

Malgré cela, les chrétiens s'agenouillèrent et commencèrent à subir sans faiblir leur martyre... Lucius détourna les yeux, pour les reporter sur le public. Il continuait à ne pas se comporter comme prévu. Au lieu d'applaudir et d'exprimer une joie féroce, il manifestait à la fois sa sympathie envers les condamnés et sa réprobation envers leurs bourreaux. Lucius put voir distinctement Néron, dans la tribune d'honneur, se retourner pour observer avec inquiétude ses réactions. Il devait, dès à présent, avoir perdu toute illusion : son stratagème avait échoué...

Quand le dernier chrétien déguisé en bête fauve eut enfin expiré, ce qui prit une bonne partie de la journée, les corps furent enlevés et des croix dressées sur la scène. Le deuxième lot de condamnés fit son apparition, manifestant la même fermeté, le même mépris de la mort. Tous, au contraire, étaient visiblement fiers de périr comme le Seigneur. Mais il ne leur fut pas réservé de mourir de la même manière que lui. Les croix étaient plantées de manière anormalement basse et, peu après qu'ils eurent été cloués à leurs montants, de véritables fauves, cette fois, furent lâchés. Ils se jetèrent sur les suppliciés et les dévorèrent.

Le tout dernier acte eut lieu à la tombée de la nuit, un peu plus loin, dans le cirque de la propriété vaticane. C'était là qu'allait se dérouler ce que l'empereur avait prévu comme le clou du spectacle. Des poteaux avaient été dressés sur le terre-plein central et autour de la piste. Le dernier groupe de chrétiens y fut amené. Les hommes et les femmes recouverts de la *tunica molesta* furent attachés de place en place. On allait y mettre le feu et une course de chars aurait lieu dans cette lumière vivante.

Lucius et Delia furent conduits sur le terre-plein. Lucius était tout à l'extrémité, près de la borne autour de laquelle les concurrents négociaient leur virage. Il y avait une ligne tracée sur le sable devant lui : c'était sans doute là qu'aurait lieu le départ. Delia était assez près pour qu'ils s'entendent. Pour la première et la dernière fois, il lui déclara son amour. En réponse, elle lui cria le sien :

– Je t'aime, Lucius. Nous nous reverrons en Dieu.

Et elle se mit en prières. Lucius aurait voulu lui parler encore, jusqu'au bout, mais il décida de ne pas troubler son recueillement... Livré à lui-même, il pensa alors à ce Dieu dont elle venait de prononcer le nom. Sa vie touchait à son extrême limite, il n'était que temps.

Croyait-il en lui, ainsi qu'il l'avait dit lors du baptême ? Il aurait aimé avoir la même certitude que Delia, être assuré qu'ils se rejoindraient après leur mort, qu'ils passeraient l'éternité ensemble, comme cet homme et cette femme qui banquetaient dans la chambre funèbre. Mais, à vrai dire, il ne s'était pas produit en lui l'illumination qu'avait eue sa compagne. Il fallait donc qu'il se contente de ce qu'il possédait et cela tenait en un seul mot : l'amour. Il aimait, mais il n'aimait pas seulement Delia, ni même tous ces hommes et ces femmes qui allaient mourir en même temps que lui, son amour s'étendait à l'humanité entière.

Les chrétiens avaient accompli ce miracle de le faire sortir de lui-même. L'idéal de perfectionnement de soi ne manquait pas de beauté, mais l'amour d'autrui était plus grand encore et il remerciait du fond du cœur le Christ de l'avoir enseigné aux hommes. Maintenant, était-il le Dieu unique, le créateur de toutes choses ? Pour le savoir, il suffisait d'attendre. Dans quelques instants, il franchirait la barrière interdite aux vivants et il aurait la réponse, s'il était encore là...

Un brusque remue-ménage le tira de sa méditation. Les attelages à quatre chevaux se rangeaient pour le départ. Des porteurs de torches à pied vinrent les rejoindre pour les éclairer. Cette vision lui rappela que, bientôt, ce serait lui-même qui en ferait office. Il cessa tout aussitôt d'y penser. C'était curieux, mais c'était ainsi, il n'avait pas peur. Il reporta, au contraire, son attention sur les concurrents et il découvrit que le plus proche n'était autre que Néron lui-même !

Oui, c'était bien lui. Il était là, à quelques pas, si près qu'il sentait presque l'haleine de ses chevaux. Son visage était à la hauteur du sein, ce visage massif et rubicond qu'il connaissait si bien, couvert de sueur, comme à son habitude, sous le casque de cuir. Les chevaux étaient nerveux, piaffaient, il avait du mal à les maintenir à l'arrêt, tirant sur les rênes à petits coups. Les essieux grinçaient. L'une des bêtes se mit à hennir, il lui lança :

– Tout doux ! Tout doux !...

Un souvenir revint à Lucius : c'était dans les toilettes impériales, l'empereur, assis en face de lui, lui disait que, bientôt, il paraîtrait dans un cirque avec un attelage et il lui demandait s'il viendrait le voir... C'était fait !

Néron tourna brusquement la tête vers sa droite, en direction du public. Des huées éclataient dans les gradins. On venait de le reconnaître et elles lui étaient destinées. Tout à l'heure, au théâtre, personne ne l'avait conspué ; c'était peut-être l'obscurité qui donnait cette hardiesse au peuple.

Lucius vit l'empereur se remettre à regarder devant lui. Il serrait les poings, se faisant à lui-même des signes d'encouragement. Il se concentrait sur sa course, espérant qu'à la faveur de celle-ci, il retournerait l'opinion populaire. Mais il n'arriverait à rien. Il devait en être des chars comme du chant : il était moyennement doué et ses concurrents complaisants auraient beau ralentir pour le laisser gagner, le résultat serait médiocre.

Pauvre Néron ! À l'instant ultime de sa vie, Lucius plaignait sincèrement celui qui avait vu le jour en même temps que lui. Lui aussi était une victime. Une mère monstrueuse l'avait mis là où il ne voulait pas être et ses efforts ressemblaient à ceux d'un insecte enfermé dans une pièce, qui se heurte aux murs jusqu'à épuisement. Le mécanisme qui allait le détruire était déjà en place, il s'appelait Caius Pison, et si celui-là ne fonctionnait pas, un autre finirait par avoir raison de lui.

À présent, le public prenait ouvertement fait et cause pour les condamnés. Le même mot revenait, scandé par des milliers de poitrines :

– Innocents ! Innocents !...

L'empereur leva impatiemment la main. C'était le signal. Les porteurs de torches qui éclairaient les attelages les quittèrent. Lucius comprit qu'ils étaient aussi les bourreaux. Celui qui se dirigeait vers lui allait plus vite que les autres, il comprit aussi que c'était donc à lui qu'on allait mettre le feu en premier. Il était sur la ligne de départ, ce serait le signal de la course.

Il tourna son regard vers Delia : elle était toujours en prières, la tête baissée. L'homme était tout contre lui, avec sa torche. Il l'approcha et la tunique s'embrasa. Il entendit alors un grand cri :

– Lucius !

Delia avait arrêté ses prières pour lui ! Delia l'aimait plus que son Dieu ! Il cria à son tour le nom de la jeune femme. Les flammes montèrent encore. Il était environné d'amour.

Épilogue

Quelques jours plus tard, le dernier prisonnier chrétien, Pierre, fut exécuté à son tour. Lui aussi fut amené dans les jardins du Vatican, tout près du cirque tragique. Il avait été condamné à la croix, mais il demanda à être crucifié la tête en bas, par humilité envers Jésus. Cette requête lui fut accordée.

Après sa mort, de courageux chrétiens – car tous n'avaient pas péri – allèrent chercher son corps pour l'enterrer sur le lieu de son supplice. L'emplacement de son tombeau est resté dans la mémoire de génération en génération et c'est là qu'on a élevé plus tard la basilique qui porte son nom. Quant au cirque où ont eu lieu les exécutions, il correspond à l'actuelle place Saint-Pierre et l'obélisque qui s'élève en son centre occupe l'emplacement d'une des bornes du terre-plein...

Même si c'est de manière injuste, l'incendie de Rome a marqué la fin de la popularité de Néron et annoncé sa chute. L'année suivante, la conjuration de Caius Pison a réuni les personnes les plus proches de son entourage, dont Sénèque, qui reçut l'ordre de se suicider et, par la suite, les complots ne cessèrent plus. Pétrone, compromis dans l'un d'eux, dut lui aussi se suicider.

Découragé, Néron partit pour la Grèce, afin de se livrer aux seules activités qui lui aient jamais plu : chanter et conduire les chars. Pendant dix-huit mois, il parcourut le pays, se produisant sur toutes les scènes, courant sur tous les hippodromes et laissant un affranchi gouverner à sa place. Perdu dans son rêve, il se désintéressa complètement des affaires publiques et resta sans réaction devant des événements aussi graves que la révolte de la Judée.

Lorsqu'il se décida enfin à rentrer à Rome, il était trop tard. Début 68, le général Vindex souleva la Gaule contre lui. Face à cette terrible menace, Néron réagit à sa manière. Il imagina de donner un tour de chant dans toute la Gaule, persuadé de retourner par ce moyen les insurgés en sa faveur.

Dès lors, son unique activité fut de faire confectionner les décors qui serviraient à son spectacle... Les événements s'accélérèrent. Galba souleva à son tour l'Espagne et Othon, le Portugal. Le 8 juin 68, Galba fut proclamé empereur et le lendemain, à l'âge de trente ans, celui qui n'avait jamais voulu être empereur se suicida en prononçant les mots restés célèbres : « Quel artiste meurt avec moi ! »

Mais les revers de Néron ne s'arrêtèrent pas avec sa mort. Pour avoir méprisé le sénat et pour avoir été responsable de la première persécution de l'histoire, il allait s'attirer l'hostilité des historiens de l'Antiquité, tous favorables au parti sénatorial, et celle des auteurs chrétiens. Écrivant tous deux quelques dizaines d'années après son règne, Tacite l'a décrit comme un monstre et saint Jean, dans « L'Apocalypse », en a fait le symbole du mal, l'Antéchrist.

La légende noire de Néron était née. Elle dure encore de nos jours.

DU MÊME AUTEUR

Aux Éditions Albin Michel

LA NUIT MÉROVINGIENNE (1995).

L'ILLUSION CATHARE (prix Jeand'heurs du roman historique, 1997).

Albin Michel Wiz

TITUS FLAMINIUS – *La Fontaine aux vestales* (2003)

TITUS FLAMINIUS – *La Gladiatrice* (2004)

TITUS FLAMINIUS – *Le Mystère d'Éleusis* (2005)

TITUS FLAMINIUS – *La Piste gauloise* (2006)

Chez d'autres éditeurs

L'ENFANT DE LA TOUSSAINT (1994), aux éditions Robert Laffont
Tome I : LA BAGUE AU LION
Tome II : LA BAGUE AU LOUP
Tome III : LE CYCLAMOR

TITUS, aux éditions n° 1
Tome I : LA PROPHÉTIE DE JÉRUSALEM (2000)
Tome II : LE VOILE DE BÉRÉNICE (2001)

Composition IGS
Impression : Imprimerie Floch, juin 2006
Éditions Albin Michel
22, rue Huyghens, 75014 Paris
www.albin-michel.fr

ISBN : 2-226-17323-4
N° d'édition : 24363 – N° d'impression : 65823
Dépôt légal : juin 2006
Imprimé en France